献给我的父亲母亲，献给我的故乡。

# 我的麦田

宋峻梁 著

长江文艺出版社

## 序诗：
## 父亲打造了一个碌碡

父亲在春天就做了这件事
他背回一整袋水泥，扔在压水井旁边
他拍拍蓝布褂子上的土，搭在
院子里晒被褥的铁丝上

他从建桥工地弄来细沙和石子
他挖坑，在坑里用钢筋头
搭建虚构的建筑，创造秩序
母亲一边收拾粮食，一边表达不屑
并发出失败的预言。公鸡和母鸡
争抢簸箕颠出的干瘪玉米粒，翅膀扑打起尘土

父亲默默做这件事，他以讪笑回答质疑
似乎这只是一个玩笑，而又不是
从此他一边卷着纸烟，一边等待水泥硬结
一边磨着镰刀，一边嗅着空气中
飘来的干燥麦香，没有什么
比等待收割更让人焦虑，他一遍遍试着镰刃

侧耳听它滑过皮肤与指纹发出的脆响

六月，打麦场上，一匹瘦驴拉着
父亲打造的碌碡，在厚厚的麦子上奔跑
弹跳，碌碡比石头轻了一些
也就差了半袋子水泥的重量
父亲裸露晒红的脊梁，肩骨支棱起皮肉
他死死抓住缰绳，以免毛驴和碌碡飞起来
而麦子终于服帖，抖落褐色的颗粒

母亲不停在找风。一会向北吹
一会又向西，而扬起来的
麦粒，连同麦糠，又沉甸甸落回原地
这时候人们停下来，等风，等云彩
望望远处的杨树梢，看枝叶晃起来没有

父亲在水泥未干时，用小木棍
在碌碡侧面划上两个字：工人
他一定暗自得意：他一个农民，有这样的手艺
多年以后，那只碌碡水泥剥落
露出生锈的钢筋，如同父亲内心对工业的想象
而在他浑浊的眼神里却一直闪烁着
收割前夜明亮的月光，那月光笼罩着整个村庄

# 目  录

# 第一章　游荡者

高田种小麦，终久不成穗。

男儿在他乡，焉得不憔悴。

——《古歌》佚名 两汉期间

# 1

夏日的空气干燥似火炙
群峰的咽喉缭绕烟雾
吞火魔术师
不停咳出黏稠的唾液

我头顶盘踞各种植物的枝条
叶片如孩子们的小手
翻弄阳光
活泼而无聊

长长的道路分出更多的迷途
狭窄的草莽之径
也有枝蔓深入大地的迷宫
羊群啃食路边茂盛的青草
如果我是抬起头的那只羊
一定会记住黄昏的盛景

光芒回到山巅
飞鸟投入深林

那个试图为我指路的老人
抬起的手臂

僵在疑惑的方向
我没有迷失
我保存各种可能和怀疑
我一直走在路上

谢谢您，老人家
我在心里谢谢你的好意
我没有瞧不起你的意思
我视而不见你的手势
因为我无法告诉你为什么
我出现在这里

一个夜幕即将闭合的时刻
大地正将一切生灵聚拢在怀里
我并非一个危险分子，无需验明身份
亦非一个身怀利刃的刺客
这阔大的丰收之境
需要一个返乡的游子
乌黑的鼻孔喷出马匹的气息

一只咀嚼青草的羊
平静地望着我在路上蹚起尘土
苗条的蝗虫腾起细弱的身子
意欲逃避脚步带动的惊险
可它跳得多么无力
如一个多病少女

抖动单薄的衣衫

而那只羊在低头吃草
她那目光我想再认真地看看
那慈祥多像我的母亲
她的愤怒都是假的
她微笑时的愤怒
才是真的
那垂下的脖颈
又一次让我感到羞愧

我有一位朋友
每次在小房间里
他就变得异常烦躁
他把一团团油腻的铁丝
跨过汪洋大海
卖给遥远的哥伦比亚人
他多次提到一个神秘的地方
用手指和眼神证实那里的存在
好吧，我的朋友
我自己走了
我却不知道你说的那个地方
到底在哪里
那是不是一个传说

也许，我热爱的是我本身

既不是诗歌
也不是女人
我只是不想沦为时间的灰烬
此刻我疲惫不堪
衣衫褴褛，腹饥如鼓
曾经的酒宴
仿佛天空空洞的蓝
寂静，黯淡

牧羊人说：
年轻人，你一无所有
除了身上的破衣服
还有背在肩上
摇摇欲坠的烂背包
而我已经为自己
置办了上好的棺木
可是你看看
那些麦田上的乌鸦
都在追着你跑——

他在暗示
我的样子实在不堪
浑身上下仿佛冬天的枝干
即使有彩色的布条缠绕
仍然在抖落死亡气息
引诱了乌鸦盘旋不已

仿佛我随时会一头栽倒

身体上的骨头与肌肉

成为瞎眼乌鸦的美餐

它们准备整个白天和夜晚模仿啄木鸟

敲打我的头骨

为生者或死者报送平安


牧羊人骄傲的样子

犹如国王傲视他的臣民

而此刻恰巧他就站在

一处荒废的砖窑上

长长的鞭子看起来像个玩具

他穿的衣裳

满是尘土

甚至有一处补丁

又被撕开

那件蓝上衣和那条黑裤子

不知道磨损了多少年


我说：

老人家

我还带着你没看到的东西

包括几只虱子

它们既能解决我的寂寞

也能接济我的饥饿

我还有一双张着嘴巴的胶鞋

里面还有一颗
糖果一样的沙砾

老人家你多么富有
羊群为你带来财富
它们信任你跟随你
它们被宰杀在城市街头
也不会想起诅咒
它们给你的全是微笑和赞美
而你每每闲下来
都在数衣兜里的钱币

年老的牧羊人自得地甩了下鞭子
我听见空气中发出呼哨
他似乎听不懂我的语言
以为从我干裂的嘴唇吐露的也都是赞美
我看看麦田上空盘旋的鸟雀
这黑色的漩涡
正将夜幕越扯越低

而我知道自己并不高尚
有时候我又多像那位老人
满足于数着羊只
或抬头遥望落日

## 2

哦，麦子
田野上那些苍翠的树
都带着怀孕的表情
哦，麦田
我忽然感觉疲惫
也许黄昏使人沉醉
我站在路边辨认每一缕光线
如一个孩子感到家门的陌生

村庄很远又很近
走过去的路
不知道断在了哪里
是那只抬起头不停凝望我的山羊
还是牧羊人嘲弄的唇角
是灯光昏暗的小卖部
还是我手指弹在河水里的一枚烟蒂
是小镇上柔软的乳房
还是在深夜的路上
踩住的那条光滑的死蛇——
它吓得我不停呼叫
是那辆不停按着喇叭
冲过我身边的汽车
还是它扬起的尘土
将我抛置于旋风之中

我属于谁
属于哪里，归于哪里
终点在哪，在回去的路上吗
我身体上厚厚的尘土
让我看不到自己的皮肤
赤膊上的蚂蚁在寻找花粉
花花轿收敛红色的外壳在寻找蚜虫


## 3

我告别依恋的女孩
离开了南方的租住地
但后来又回去寻找
一本匆忙中遗落的日记
当我在夕阳下走近那个地方
那个有门牌号码的
曾经的繁华之地
吆喝的商贩不知躲到哪里去了
肮脏的小河
扔满了各种颜色的垃圾
流浪狗，流浪猫
在废墟上乱窜
似乎仍然在嗅着旧主人的气息
麻雀们飞过，无枝可栖

只剩下一座小屋摇摇欲坠

屋里仍然住着一位老人

他警惕地望着我

当知道我是来寻旧的人

便给我倒了一碗热水

我向他打听曾经的住所

他指着一地瓦砾说：都在这里

这是地图上的地址

这是信封上的地址

这是虚无者的地址


废墟里也有翻飞的纸页

和学生扔掉的书本

但没有一页有我的笔迹

我对老人说：我要借宿一晚

老人说：

你要住在哪里

这又是哪里，是我的家吗

每天晚上都有人来

驱赶我离开这个家

我的老伴死在这里

这床，这门

这墙壁，墙壁上的图画

都是她留下的痕迹

门前正在开花的小树

也是她亲手栽下

每天她都去亲近
像侍弄一个幼小的孩子

夜幕降临
我还在大片的废墟边徘徊
跟我一样徘徊的人都是谁
我在辨认寻找
会不会有我的房东大嫂
这时候，我听见一阵钢琴声
从一处损毁的房屋传来
竖立的残垣断壁旁
戴白手套的中年人面色严峻
而叮叮咚咚的乐曲
正穿透清凉的空气

在废墟外面的人群
犹疑地行走
不知满怀忧愁还是欣喜
弹钢琴的人也许跟徘徊的人们一样
只是用自己的方式举行一次告别仪式
他灵巧的手指驱动春天
隐秘不言的悸动
空气开始荡漾，废墟在月光之下
呈现出壮观的剪影

这里忽然成为一座舞台

明月高悬，俯视人间
这是一次深情的怀念和告慰
远处的城市中心高楼耸立
激光和霓虹装饰着一条大河的两岸
滔滔水声不舍昼夜
钢琴声在微风里缭绕
一双手抚摸着熠熠闪光的空中楼阁
一切物体都有清脆的回响
和露水般干净的反光
秋日私语，梦中的婚礼
小星星变奏曲。暗夜中
人们脸上浮现微笑
蹲在门口的老人仿佛陷入沉思的历史


第二天
我来向孤独的老人告别
正遇上几个人引逗他射出愤怒的弓箭
那弓箭歪歪斜斜
引起围观者一阵阵哄笑
那白色线绳弹出箭杆时
发出一声闷响：噔——
老人似产生了片刻的迷茫
这片刻的迷茫又是瞬间的宁静
这样的宁静没有改变什么
他又将第二支箭杆射出
它们没有提前设计出轨迹和弧线

它们只被赋予愤怒和怀疑
在风里软绵绵飘一阵
然后落在不远处的瓦砾上
引起哄笑和叫嚣

啊，我向这个城市告别
向废墟
向曾经的记忆
向构成我思想的过去
它正在被推倒也正在被重建
像一个电脑程序被删除和修改
此刻我更加思念我的出生之地


4

麻雀似乎不想让阳光捕捉到自己
它们的身形比昆虫更巨大
它们飞行敏捷，目光锐利
它们不远离树梢
它们俯视所有草叶上的爬行者
此刻它们隐于夜色
——大多数的沉默者
像回到村庄的农民将大门牢牢关闭

我曾坐在山顶

俯视下面的万家灯火

山风忽而向左，忽而向右

我在山风里摇晃

或在岚气中浮荡

在那样一个高度

没有大型动物觅食

不过我的后背仍然感到森林

鼓起两腮吹过来的凉风

那风里裹挟着隐隐的咆哮

携带着不可蔑视的威严


我在山顶上吸烟

以这种掌控自己内心的举动

抵抗恐惧和颤抖

可即便如此

偶尔也会有欲望

来一次壮阔的俯冲

石头的尖锐提醒我

风推双肩煽动我

湿滑的草和青苔诱惑我

不知道它们是拒绝我

还是以为我是蹲在山顶的一匹鹰

它们不懂什么是模仿

不懂人怎样卖弄自己的能力

怎样通过模仿来一次飞翔

我知道我的俯冲将会很惨

不如想象绚丽，不如一只蚜虫
在透明的叶脉上行进更光明
那些被湖水吸引、满头泥浆的诗人
未必变成莲花
那个被远方诱惑而睡在铁轨上的诗人
梦见鲸鱼的歌声
却成了大海和春天的贩卖者
谁竖起耳朵听到了他在午夜
拨弄火焰的嚯嚯之声
而又有多少人
在海边陷入迷雾

哦，我也曾在大海边听着潮声入睡
一波一波的海水
像母亲拍打的双手
此刻海岸仿佛安详的父亲
螃蟹钻进我的长发寻找食物
一只扇贝就在我的耳边孕育珍珠
可我不能皈依大海
我知道她吞没一切过于无情
我不是沙子
更不是其中一滴水，一粒盐
她吞没太阳又会将其吐出
而我不是太阳
明月在天空的怀抱中静如处子
我只是在幻想一个梦境

# 5

我骑着骆驼奔跑过荒废的都城
我在驼峰之间颠簸
身体的骨骼渴慕远方的蜃景
风沙却拖曳着肉体
正将每一寸皮肤拧干

即使在奔跑
也会使人产生绝望
地平线总是被沙丘遮挡
太阳不停抛下钢针
满目是蒸腾的眩晕
我想往高处奔跑
往太阳里奔跑
像一只疯狂的狗穿越火圈
跑到他的后面去
却总是在高处向下，再向下

坏掉的水龙头
昼夜保持细弱的水流
悬在金黄的沙漠上空
诱惑骆驼的眼睛和我的舌头
红砖房，白色的下水管道

旺盛繁殖的蟑螂家族
不停行走的时钟
一圈一圈
重复生活的无聊和美妙
那一刻我奔跑的方向
我确定就是
我曾经生活的城市的方向
我几乎看到了每一扇玻璃窗
我几乎看到了辉煌的购物大厦
我几乎看到了堵满道路的汽车
我几乎看到了举止风骚的美女
我几乎看到了罗列在街边的餐馆
和一盘盘精致的菜肴
我几乎看到了银色的飞机
看到了绿色的火车
我几乎看到了——
我已无力，而骆驼在奔跑
我自身沉重，却又轻如棉絮

我想反复确认这个世界
每个地方都与我有关
山岭，冰川，河流的源头
雪崩的瞬间
每种动物的眼睛都能看见我行走迈起的腿
奇迹般，如蜥蜴爬过火星

我停留在某一个瞬间的颤栗中
试图通过语无伦次的表达描述白色
及其与天空的关系
是哪一个拥抱着另一个
冷，是从何时何地开始和融化

我要读懂所有缄默的表情
地老天荒，必然是死不瞑目的爱
丰茂或是荒芜，何时停息了动荡的激情

# 6

一切都寂静下来
我来到了零公里处吗
难道道路
是从这里出发的吗
难道远方就是在这里吗

天空中乌云堆在一起
又被一刀一刀切开
锐利的锋芒
多像迟暮者的荣光

一头孤独的黑牛
瞪视一双巨目

恐惧，迷茫，青眼缠绕血丝
我听见它粗重的喘息
似千里怒奔而来
它的皮毛凝结着干燥的黄泥
没有轭，没有缰绳
四足踏在碎瓦与沙砾之间
它与我相向而行
擦肩而过
当我走远，回头
看见它晃动脖子和牛角
它要到哪里去呢

我看见自己的影子在犹豫
如水渍在变形
我只是它的本体
而它，是另一种存在
可以随时跳起来
生出双足离开
然而移开树的影子，云朵的影子
它仍然在那里
生成拙劣的对应
像一泡尿
一条抛下的破烂巾帕

# 第二章　影子

我的脸在夜色里难辨悲欢。

——题记

# 1

谁叫醒的我
我的梦被露水泡胀了
我怎么睁开了眼睛
我在土地里翻身醒来
像蚂蚁
或闪着黑亮光泽的百足虫
从地道里探出头
不是因为饥饿
是因为天亮了

我打开夜的盖板
那凉凉的黑金属
我是晕厥过去还是
倾倒在麦田里
在我需要入睡的时候
夜就遮住了群山
遮住了巨人般的大树
我躺进她的袍袖
被风舞动的
旗帜般的海洋般的
深深的漩涡
哦，我没有晕眩

我不能允许我的血液

因为激动而迷失在

身体外面

或奔流向

相反的方向

我在漩涡的边缘奔跑

星光还没有

射过一条丝线

我已经躺在了蜘蛛的身边

它把我俘获

在我酣眠时

它忙碌了一夜

用尽了所有的力量

绑缚了我的头颅

多么不幸，它变成了

一个穷人

不知逃往了何处

也许悄悄藏身

也许死于他者的埋伏


## 2


鹌鹑在绿色的麦秆间跑过

无疑它们

发现了一个大物的闯入

它们黑灰色的身影

躲躲闪闪

猜测，怀疑

悄悄地辩论

我的身体刚刚翻动

它们一家

跳着飞起来

逃得无影无踪

一只灰色的野兔

忽然跑到我身边

它红着眼睛

似乎一夜未眠

它呼吸急促被我吓住

我轻轻眨眼

轻轻唤了一声

一个莫名其妙的名字

我还没有想好

怎样给它命名

以我一位朋友的名字

还是以一个女人的名字

它竖起耳朵

又侧过耳朵

用右边的眼睛

盯住我的一举一动

两只前爪挪动了一下方向

我看见它的脚趾

警惕地踩着土地
准备用它长长的后腿
将自己弹射出去
它嘴唇翕动着
静静地喘息
一条蛇匆忙地爬过土埂
我曾经梦见它们
堵塞了太阳
阻断了铁路
而这条小蛇毫无恶意
只让我的脊背感到寒冷
兔子悄无声息地离开
一队蚂蚁
逶迤而行
前面的几头高举着
我衣兜里倒掉的碎屑
这些小小的人儿
要填满它们的仓廪

## 3

我：
你是神么
是什么神
三头六臂

火眼金睛

或者只是一只猴子

只是浑身尘土的风

挂在树上不下来

我想看看你的眼神

看看你袖里藏有什么灵药

可以医治我的眼疾

哦，也许

你就是只猴子

用尾巴闹出一点声响

在树上荡来荡去

无所事事

既不到水里捞月亮

也不到天上摘星星


他：

我是你呀

傻大个

你不是总要跳得高一些吗

你擦擦眵目糊睁开双眼看看

不要总昏昏欲睡

夜间的风多么凉爽

它把我吹透

我在树上能看到

更远的麦田

看到远处的瓜棚亮着

微弱的风灯
一个美人正在灯下轻唱
而守夜人的猎枪
正伸向她的胸口
她是被逼歌唱
还是正在诱惑一个孤独的人


我：
你不是神就滚吧
你搅扰得我梦都做不成
我以为你长着翅膀
你却不如一只鸽子
可以指引我看天空
当天空越来越暗
我就期待月光
我独自享受她的光明
她金色的羽毛
仿佛穿戴着成熟的麦田
即使我闭着眼睛
也能感到
她微喘的气息
扑在脸上


他：
小心呀
那些蚂蚁搬走你的大腿

那些蜘蛛缠绕你的脖颈
离此不远
村庄刚刚还在冒出炊烟

我只是在树上发呆
凝望着村庄，在夜晚看着
灯光，一盏一盏亮起
似乎每个生命都公平地拥有一盏
听一听村子里呼唤孩子的母亲
悠长的声音
正在拉伸的疲惫
和荡漾的温暖的波澜
拖拉机在院子里
停下最后一声喘息
却像个垂死之人
喉咙里吞咽下
最后一口气

在你入睡后
我星夜赶路
到你曾经去过的地方
见你曾经见过的人们
帮你向每个你辜负的人道歉
向每个帮过你的人道谢
也许我会请他们喝杯小酒
我会掏一元纸币
给过街天桥上

残疾的乞丐
你曾经视而不见
硬着心肠走开
我也会走进你痛恨的
曾经带给你屈辱的人的梦里
替你打他一巴掌
让他忽然醒悟你的善良

我：
（还好，我很高兴
我在微笑
可是我转而愤怒）

不，多管闲事的家伙
我的感恩始终在心里装着
我的仇恨也始终在心里
他们虽然是由不同的人造成
但是在我心中犹如阴阳两极
我因长期心怀感恩而温暖
也因心怀仇恨而有了力量
如果一切都被你抹平
我不欠这个世界什么了
世界也不欠我什么了
我在这里还干什么
你以为我是一个中庸的人吗
或者，你以为
我会死在这里吗

哦，死在这里
这多像一幕欢腾的戏剧
我会高兴地长出尾巴


呼噜—— 呼噜——


他：
你在打鼾，你又睡着了
看你对死亡都不感兴趣
我要把树挪动一下
让鼾声找不到你的鼻孔


我：
不，不是我
是你，蠢货
你以为这个世界
像你想的那样吗
你拿不走黑夜里的黄金
也拿不走我的秘密


# 4


白云似被抛却的一件麻衣
它不是纯白
它带着暗黄和丝丝缕缕的蓝

偶尔变换一下姿态
你能看出那曾经的腰身

一起在田野劳动的人
停下手里的活计
陷入一会儿沉思
小鸟叫得胆怯而空旷
似乎它们在高处
看到了风暴中的沉船和神秘的风景

风在潮湿的山腰
卷起云缕，卷起车前草
和细长的蔓草
向平原伸出施舍的手臂
你呼出纯真之气
腰肋间的疼痛在暗示
整个山坡蔓延一声长长的呼唤
阳光，阴影，喇叭花
渐次爬上
整个季节覆盖住的墙壁

在夜里我是没有影子的人了
谁也不能从背影来判断
我是不是一个被寻找的人
是不是他或她爱着，却正在失去的人

5

麦子呀，我离开这么久
你一直在生长
我的离开并没有让你悲伤
并没有让你孤独
我不再照顾你
不再憎恨麦蒿和荒草
我不再等候你
我以为你消失于一个虚构的世界
可是在六月
金黄而肃穆的大地
依然显现出你高贵的身份

鸟鸣零零碎碎
阳光在成片连接
仿佛一些斑斓生活正在拼贴
后来是风
是雨
风一吹
生灵从大地跃上枝头
江山尽染
从江南到江北
催促一切生长和成熟
催促一切茁壮和凋敝

人间的生灵都是
风景的一部分
我们身染迎春兰草
桂树冬梅的水墨香气
语言美妙，自由歌唱
忙碌的世界风雨从容
无论大地入睡还是苏醒

天空的手掌摩挲我的头发
干燥，温暖
麦芒尖细的长喙
叮疼我的双腿
麦垄狭窄
却是大地此刻最温柔
最疼爱的腹脯
我深埋进她无私的怀里
赶走假寐的蛇与蜥蜴
这些人类迷梦中的生存者
思考节气的更替和
鸟鸣的深浅
旷野是我高烧的额头
光芒四处奔走
仿佛在大地上布施
玻璃和镜子
撒下无以数计的泡沫
不断炫出色彩

不断破灭和再生
而海洋般荡漾的麦浪
它们隐忍着
沉默而喧哗


# 6

我怀有永久不安的困惑
旅行
向高山朝拜
向未知和神像投掷硬币


我钻出庄稼地
植物的叶子划伤小腿
露水刺痛伤口
我在树下冥想
蝉在树顶鸣叫


我的生命太久
空白太多
创作多么乏力
字词语句必须符合已有的
语法和逻辑
否则就是胡言乱语
虽然众多的科学家和哲学家

曾被当作疯子和巫师
可是任何时候人们
也不吝将这称谓
送给创造者
他带来混沌的力量
和非理性的冲撞

平原上的石头埋在深处
帝王们费尽资财
向那片土地运送巨石
意图营造模拟的圣殿
而焚烧和塌陷，却从未停止

# 7

置我于一座广大的黄金宫殿之中
谁将我推送至此
谁将我的衣衫撕开
以我黄铜的脊背
抵住大地坚硬而柔软的部分
夜深之后
乌鸦隐藏在树冠之间
啄木鸟的声音沉寂孤单
在这座城池里
四面飒飒有声

为孤单者催眠

无人奉我为王

我亦没有自制的皇冠

我的麦穗和她们的尖刺

我的麦蒿和她们即将播撒下来的种子

我的天空和那些沉静的眼睛

我的防风林整齐的杨树

如同黑暗的栅栏和围墙

干燥坚硬的块状土壤

仿佛被烧结过多次

多次成为铠甲

成为精灵的双脚

正在走出兵器的阴影与火药

飘散的烟雾

又一次次被雨水浸透

被风温柔地催眠

此刻我腹部的疼痛

延伸一个早晨的不安

如果我有一个孪生兄弟

他必定也会感受到

一阵一阵痉挛

无论他在广州打工

在流水线上割伤手指

在棕榈树下恋爱

正在涂改一封情书

还是在波士顿留学

在广场上凝视一只鸽子
我渴望得到那个血脉相通的人的音信
而自我降生
母亲，再也无法感受
我心灵与身体的双重疼痛
虽然我懂得了热爱
并将献词一次次朗诵

有一扇门，通过它
存在另一个世界
那里有光明，草地，羊群
哦，我必须离开这里
我看到光明已经在出口处等候
我看见微弱的灯光
以及它周围大团的暗影
我成为一个放牧者
也成为一个被驱使的人
可是我永远记得
诱惑我作出决定的声声呼唤
一声声快乐的吟诵
然而在这里
没有谁可以主宰
任何驱使也只是漠视的一种
没有永远的温暖
你必须看到自己的影子
这样才不会陷入孤独

是的，当光明与你作伴

但是光明也有无奈的另一面

你要成为一个生长的人

擦干羊水和血液

不断让自己的目光

找到可以平视或俯视的地方

比如山顶的灯或白云上

一只翱翔的鹰

在比太阳低一些的天空

它自由地往返于一条河流的两岸

两种方言

两个不同的村庄

此岸与彼岸


8


我以麦叶为名，麦壳为屋

啊，尖锐的矛

足以刺瞎天空的眼睛

我矜持而沉默

仿佛深藏秘密的阴谋家

一群黑鸟在半空盘旋

妄自揣度我的心思

它们无法进入我紧守住的世界

想象不出比麦田和沟垄

更漫长和广大的领域
小心我的矛
成千上万支金矛
警惕着天空的阴翳

谢谢瓢虫，它们像一朵朵小花
我的欣赏者赞美者
张开翅膀
翅膀更像它们的工具
在彩色的圆壳里面
隐藏着纤薄的羽，弱小
却是它们收藏力量的包裹
谢谢瓢虫
它们来来往往没有携带毒品
它们不是吟唱者也不对抗
似乎没有什么可以伤害一个愚人


## 9

乌鸦在黄昏成群结队
它们以翅膀相连遮挡夕阳
互相召唤
包围着即将成熟的麦田
乌鸦的鸣叫让麦田感到更加拥挤
黄金需要阳光照耀

而即将沉入黑夜的麦地
无法躲避乌鸦的牵引
它们振翅盘旋仿佛
正在搬动大象的蚂蚁

而象群虚蹈，离开平原已经久远
残尸深埋，化为土质
在数万年的寂静里
鸦群从兹离开，因此平原
更像它们的故乡
所有的人都是流浪者
从一块土地到另一块土地
人们发现了大地的奥秘
发现了麦子比黄金更珍贵
大地上因此多了丰收和返乡之人，有了狂舞的人群

## 10

那些苹果树，围在金属荆棘之内
你饥饿的手，瘦弱的手腕
贼一样胆怯，颤抖
当你手心握住一枚绿色的苹果
清凉，圆润，它似乎并非充饥之物
在茂密的枝叶间它隐匿不动
——你摸到了神的额头

湖泊在摇荡，天空在颠簸

你不说出你的坐标
我在地图上无法想象季节的颜色
前一天与后一天的天气
无法想象你姿势的倾斜度
有什么动物生活在你周围
在你经过的路上望着你
我想象不出它们的目光
只能以我的目光代替

你不说出你心里想的事情
我也无法揣度
你是不是有真实的生活
而不是仅有一个影子
在王土之上游荡
是大雁，是风筝，还是
不停变换形状附着于万物的魂魄

# 第三章　村庄史

有人背着粮食

夜里推门进来

——海子

## 1. 苜蓿地

消失的庙宇

从村庄望去
那里已经一片荒芜
不知道哪个朝代香火最旺盛
也不知道哪个朝代最冷清

善男信女们的膝盖
跪塌了一座辉煌的庙宇
无法渡劫的苦难
与不堪重负的慈悲，一并坍塌

硝烟和哀嚎
晨钟和暮鼓
被这片隆起之地的碎砖烂瓦
悄悄平息

土地中提炼的金属
以锈蚀的方式
计算时间
苦难以苦难延续戕害

荒芜之地不宜耕作
犁铧断折了多具
蛇咬伤了牛腿
狐狸常在瓦砾间跳跃
小路杂草丛生

蟋蟀繁衍
随意撒下种子的苜蓿草
开出善良的紫花
仿佛夭折的女孩

或许那片土地
还有更多的暗示
在庙宇隆起的根基下
寻找蚯蚓带路

乌云在涌动，堆积
降下更多的雨水
闪电犹如天空之门
反复地打开和关闭

割苜蓿的人

穿黑衣的高个子女人
仿佛来自外域
沉默的修女

人们在无聊时
总把牲畜的生殖器
与她的私生活
想象到一起
他们大笑着
裸露黄色的板牙和肮脏的牙龈
星空之下
一个个村庄的黑夜
为此加深

她黑着脸
呵斥牲畜和男人
仿佛那片废墟
派出的女巫
她走过每一条偏僻的小巷
她不惧怕任何一个夜晚
她空着双手
既不捡拾
也不赐予

在根茎以上
晃动着紫花的苜蓿
细弱的枝蔓
不发出任何疼痛的倾诉
只是重新生长
一个春天

又一个春天

她右手握住镰刀
左手抱住那一大片
灿烂的土地，多像她宽展的衣襟
她迷醉在青涩潮湿
不断流淌的绿色河流里

那不同于她
身体里浸透的血色
阳光下
植物同时
在淌出泪水

土地露出
金色破碎的琉璃
仿佛庙宇的屋顶隐藏在低处
雨水洗掉尘泥
这些闪亮的碎片
眼波流动
仿佛躲藏在大地深处的精灵们
呼之欲出

她捡拾那些碎片
它们有金色的一面
也有白色的另一面

她把这些碎片
装在自己敞开的衣兜里
这些碎片一天不停地
窃窃私语
她把这些碎片分给村里的孩子们
孩子们用这些碎片
玩一种正面反面的游戏

谁更喜欢金色的一面
谁更喜欢白色的一面

一座村庄

村庄在桑树下
结茧抽丝
宋家丢失了族谱
只能从高祖那里依稀辨认
一匹白马曾经
拖曳的珠宝大车
散落民间

"拆拆洗洗
放到柜里
不拆不洗
放到屋里"

蟋蟀在每一处

有人路过的地方

布下道场

催促沉重的脚步还乡

听母亲们

浆洗衣服的叹息

白色的棉绳

嗤嗤地连缀布匹的花边

把夜晚和白天

缝在一起

把房子和土地

缝在一起


枣树一摇

满院子半黄半绿的落叶

老牛在棚屋里

不出声地咀嚼干草

风灯在高处

照亮一小片世间


牲畜们喘着粗气

像一尊尊来自地底的神

带着愤怒

甘愿被奴役和驱使

它们赤裸着

不属于任何一个朝代

和轮回

割尽苜蓿的土地上
死去的人
被收藏在
隆起的坟茔里
宋家的坟场
成排的故人躺得很有秩序
难得他们老老实实
活着时
面红耳赤地争执
一寸一寸
丈量房子的宅基

他们用木柄辘轳汲水
咬紧菁葵的牙床
腰身扭动
双腿扎根
他们种的刺黄瓜卖到县城
在县城的主妇们那里
留下最好的口碑

他们走路略有外八字
抬头的，俯首的
各走各的
男人站着撒尿

女人泼辣大方
他们从来没有排好队
穿越过大地

他们躺在那片瓦砾之下
或许侧耳
就能听见深处的
钟鸣鼓震
河北梆子演绎的帝王
与妃子的故事
也在那里一遍遍地
冲破喉咙

## 种　　子

麦穗在风中胎动
羊群低首
伐木丁丁，木柄斧头
不管树木有多少疼痛
电锯的金属牙齿
咬住一条河的两岸
咬住鱼的尾巴
疯子一样不松口

高粱的种子扣在碗里
在暗夜和神灵低垂的目光前

一个又一个女人找到药
自言自语拨亮灯花

秋天的寓言
密封在洞穴里
蝗虫无声弹跳又跌落
蝉声每一年都很嘶哑
牲畜们默默无声地
挤在屠宰场的运输车上
把屎尿
拉在车上
它们离开村庄
就像离开
永不回来的祖国

在一只碗里
佛香重新发出星火
女孩子们提前
挤出乳汁

喷气式运动
滚筒式运动
一场撒娇的运动
有各种各样的命名
有汽车、自行车、火箭、滑板
不同的姓氏

我坚持走路

我的身体里

堆积着正在发芽的玉米和小麦

活着三头牛

一匹马

和无数的蝴蝶


## 2. 对一条河流中的鱼
### 所作的植物学命名

**鲶鱼与旋风草**

它搜集细弱的生物

从上游到下游

或者从左岸，到右岸

收藏啤酒瓶盖、碎玻璃、尸体

深处的黑泥

一截钉子、水泥颗粒

在桥墩周围的

漩涡下面

它模仿潜艇

测绘河底起伏的地形


它在脂肪内部运动

脱掉了所有鳞片
或者根本不需要那些伪装
不反射银光
也不反射日光
它更像鱼雷在寻的
时刻准备触发引信爆炸
引发整条河流的颤抖

深处的水草所构建的城邦
不是它热爱的地方
它需要洞
需要比洞更浅的泥
需要滑行

盘旋的墩子草，这些静止的旋风
占领道路两侧
仿佛杂沓的脚印或
推倒的墙篱
黏滞的充满浆液的平原之夜
众多蚊子和无名的飞虫
在高处纠缠
那里浮现此起彼伏的
憔悴脸庞
黯淡无光的额头和磷火

这乡间的道路

多么像黑暗的拥塞的河道
不同的是
前朝的铜钱往往随着沉船
散落在河床上
今世的纸币
则躺在金属箱子里还魂
油墨的臭味彻夜鼓舞
嘶鸣的机器
供奉多年的财神与菩萨
正拥挤着回归神位

一次一次
在鲶鱼的腹鳍之间
微末荡起
此处之水
越来越深

## 草鱼的尊严

牛在干活的时候
总是舔自己的嘴巴
口水与草末
沿着环形金属锁链垂落在路上
落在正在翻耕的衰败的庄稼
和土地上
老牛舌也在这个季节

伸开空空的舌头
可惜它是一种草
或者也可以被称为一种药
露水和尘土
是话语的不同形式
就这样舔着一年的兴衰
车轮，布鞋
生锈的镰刀

一条草鱼在秋天
最容易死亡
它有肥厚的身体
暗藏着无数尖利的刺
那些刺在自身的肉里沉默
在死亡之后
才露出锋芒
仿佛历史书里的一名刺客
成为时间的包裹
快递到小学生的课桌上
一把鱼肠剑
模仿着钟表的指针

所有的食草动物
几乎面临同样的命运
藏在身体里的剑无法保护自己
只可能成为

一种无法期许的报复
即使夜晚
也不发出铮铮之声

铁锅木火炖活鱼
锅下桃枝燃烧噼噼啪啪
似乎干枯的桃枝
也有自己的武器
而草鱼的武器
连生锈的尊严也没有
只是被一群贪婪的舌头
舔得干干净净

## 茅草与鲫鱼

茅草是平原上保留的
唯一与兵器类似的草
如果铸剑者喜欢仿生学
可参照其形状打造既尖锐
又锋利的宝剑
在秋天的早晨茅草变得血红
每个叶片顶着露珠
茅草因此具备
吐露大地秘密的嫌疑

无论哪一条河流

一条鲫鱼似乎都无法独自长大
它从水里跳起来
还要落进水里
浪花微小，如同
一枚鱼钩抛进水面
在这同一条河流中
阴谋与生存同样渺小
以茅草为刀剑
也是慌不择路的选择

无论铸剑为犁
还是开疆拓土的雄心
黄土和腐殖质
尽其所能地将茅草的根系
运到四面八方
镀进洁白的原质和甜味剂
秋天的开垦者
举起镢头
他们忽略茅草的尖锐和隐喻
将土壤与根系分开
他们用开挖一条河流的肌肉和决心
向荒原索取经验与命脉
而一群鲫鱼
构成了一条河流奔涌的波浪
生生不息

## 白胖子

以瘦为美
仅仅是最近一些年的时尚
骑在鲤鱼背脊上的孩童
并非一直是个胖子
他人到中年发福
皮下脂肪才遮住肋骨
爱吃花生的他
有一颗始终令他耿耿于怀的虎牙
其实也没有那么大的鲤鱼
可以骑在上面
而不打滑
他被一幅画标准化
鲤鱼也被一幅画标准化
去年他在酒宴上吃一条红烧鲤鱼
忽然吃到了六六粉的味道
那条黑色的鲤鱼
难道是化工厂养殖的么
它无辜的白肉
遭到各位食客的咒骂

大红鲤鱼已经价值不菲
根据红色的明艳和斑纹的美妙
确定品相不同的等次
住进单独的鱼缸

所以我们盘子里吃的是那些黑色的鲤鱼
甚至我们只吃掉它一侧的身体
剩下的就被抛弃，让它回到水里

"红帐子，粉帐子
里面住着个白胖子"
大鱼大肉，尿素，雨水
催生出胖子
胖子都是热爱生活的人
胖子们的体内
也都有六六粉的气味

太阳下豆荚在开裂

狗鱼像渔民一样
有自己的陷阱
它嘴巴吐出
一排排牙齿
是小鱼虾无法逃脱的牢笼

父亲把一条狗鱼
从网里抓出来
它嘴巴里的牙齿一层层吐出
占了半个身子
我以为这条狗鱼
必是顺流而下几千里江山

才撞到网上
在北方的河流里仅此一条
它是个流浪者
一个怀才不遇的刺头
一个隐藏城府者

它能吃吗？能
可惜
应该把它的骨刺制成标本
而不是一锅乱炖

岸上的豆荚
干燥，开裂
太阳下的炸响微弱又惊心
整片田地都像一处陷阱
割豆者小心翼翼
镰刀也小心翼翼
大豆用尖利的刺
划伤他的腿，他的手臂

丰收是羸弱的
一切在凋敝，无人为此伤心

## 嘎鱼与蒺藜

每种鱼的生长

都没有想到对抗人类
即使嘎鱼不能用手去抓捕
还有其他的工具
它骄傲的背鳍仿佛印第安人的
羽毛，以及羽毛附着的
一根根箭镞
只要有猎食为生
嘎鱼不可能有单独的命运
它可以对抗双手
却对抗不了工具
不需要一个庞大的国家
开动所有的机器
木筷子正沾满了
盐和酱油

蒺藜不能赤脚去踩
手指不能触碰
鸟也不能吃
牛也不能吃
蒺藜属于土地上的另类
它们沿着土地的坡度
延伸自我的血管与筋脉
它建立的国度
秉持不同的宗教和信仰
与以梦为马
与以食为天

都格格不入

没有远方的漫游
既适合蒺藜也适合嘎鱼
多少人也是这样
仿佛天生带来的坏脾气
有乌云就有雷霆
不是为了对抗而存在
是存在就要不同

芝麻，绿豆，谷子
装进布袋，盛进缸里
稗子草做的笤帚
不小心也把蒺藜籽扫进了粮堆

Lian

原以为苦楝树与苦难有关
原以为梧桐树橄榄树也是苦楝树的样子
梧桐树伸展在一句谚语里
橄榄树风尘仆仆的在一首歌里
在平原上，这些想象里的树
都有苦楝树一样的枝条

这片曾经被死亡之血
一层一层涂抹过的土地

原以为会生长茂盛的庄稼和大树
这片曾经被反复践踏的田园
原以为会将尊严像铠甲一般穿满全身
即使瘦弱如鲢鱼
也把银器打造成自身的鳞片

我无数次徘徊在树下，那树
原来就是苦楝树
我无数次在河边看鱼
那鱼闪着银色的身影
原来就是鲢鱼
它们一个在岸上婆娑
一个在水里沉默不发出任何声音
它们有相同的读音
类似于一个人的两个身影
A面是一株植物，B面
是一条单薄的小鱼

我曾在平遥古城手捧一件漆器
观赏细腻的雕工
大观园，三国演义，水浒英雄
凝重的红因为故事
有了不同的价值和意义
我看到漆器上雕刻的波纹
在水里，找到了一条活着的鱼
它没有银色的鳞片

一切都诠释成一种颜色
包括河流，城邦，杂货摊
王半仙药铺的幌子与学堂的读书声
全部凝固在
一位大师的刀功里
似乎装进了时间的魔瓶
历史本身已无法自拔


## 一种叫麦穗的鱼


多年前的土地
就生长这么小的麦穗
小得可怜
仅有三四枚麦粒
拿在手里你感觉不到它的重量
吹在风中它不由自主地摇晃
比风还轻


农民为此鱼取名：麦穗
瘦的，轻的，麦穗
它们在水面游走
从不长大，也就从不会
轻易被抓住
生存的智慧堪比农民的狡黠


然而

鱼的命运还是鱼
麦子的命运还是麦子

灌浆的麦穗
在雨雾之中显得严谨而平静
燕子飞飞落落
空气凝滞
细听土地下面的根须
会有吮吸之声
会有轻声的合唱

表情严肃的农民
听过妻子的肚皮
他听过夜
黑下来的声音

而成千上万的叫作麦穗的鱼
无法上岸，也不能长大
它们活在
河流
池塘
水渠
它们是水的根须
是田野真实的倒影
在动荡的波浪
或肮脏油腻的死水下面

翕动嘴巴却不呼喊
偶尔
它们以群体的方式
跃进油锅
像真正的麦穗一样
追求一次无法辨认的高贵


## 3. 安息碑
—— 所有死去的人在此复活

（1）.

养鸽子的虎爷
把鸽子卖给吃鸽子的人

没办法，鸽子
从来不能葬进天空

（2）

那个无名的女人
生下四个碌碌无为的孩子

（3）

唯一的双性人，她的一切愁苦

从村庄的大小
收缩进一个符号
没有比被遗忘更小的了

（4）

一位老人把房子和房子下面的财宝忘了
女人改嫁，失去音信

（5）

会叫魂的女人
将身体的一部分喂给了虫子
魂魄变成了飞蛾

（6）

老教员满脸严厉的皱纹
有些慈祥，他总是
走在风里
紧紧系住裤脚，不让双腿打颤
我第一天上学
我不叫他老师
我喊他：大爷
那天我一直在给
语文课本上的头像画眼镜

（7）

四五个人吃掉一只花狗
骨头到处乱扔
他叼走了我家花狗的一条腿
那条腿曾经翘起来
往一棵小榆树底下撒尿


（8）

他在青海时，是整个村庄的远方
他死在村子里，跟庄稼人的葬礼一样


（9）

骆驼车轧坏了头骨
所有桑蚕的白包不住你的身体
你不顾疼痛，带梦
向一个寡妇诉说相思

夜晚，你坐在冰凉的石头上
望着她家亮起的灯光不愿离开


（10）

他走在路上像一头牛，笨重，坚定

力气却只有牛的一半

一半就足够了
一半的牛驱赶着一群牛


（11）


他死后多年
恨他的人才陆续死去
仇恨似乎比爱
能让人活得更长久


（12）


她的小名叫白
她在黑夜里也是白的

两个明朝的胆瓶作为陪嫁
画满
烟云和富贵


（13）


人活在戏里
死在戏外，一个器官的病变
如同蜂巢藏在土墙内

那些你复制在纸上的故事
字迹已经模糊

（14）

你接生了整个村庄
你打哭过整个村庄的人

你手上的温柔留在每个人皮肤上
你磁性的声音是这个村庄需要的抚慰

（15）

死在某一个地方，还是死在路上
对你来说都是传奇

你是村里走得最远的人
也是最快乐的人
只是不知道
跟随你多年的猴子
是否回到了山上

（16）

那个病死的孩子叫小娟
为了给她取名字

好几个人在翻词典
把许多美好的词像祝福一样
写满了整张纸
最后也没将她的大名取好
小娟只是她的乳名

（17）

一个得了血癌的男孩
伏在母亲的肩上睡着了
母亲几乎把所有的钱都买了车票

她在路上磨短了自己
一天比一天矮小

（18）

你不戴帽子，愤怒
致使脸面更加红润

冬天也是这样
愤怒像一把刀子

不是钱杀人
是愤怒杀人
反过来说似乎更像真理

（19）

如果你对一件事上瘾，比如毒品
你就要付出代价

如果你对一件事上瘾，无论是什么
你都要为自己的快感付出代价

这样也好
你是为自己活着

（20）

他的鼻子里
藏着这个村庄的春药

（21）

她有自言自语谵妄的一生
却从来没有疯狂过

她在村庄遇到的神仙
有的定居在此，有的匆匆路过

（22）

他放纵自己的食欲和忧郁

他似乎有比别人更多的痛苦却不诉说

他有壮硕的身体却有极小的力气
他不能把自己运到屋顶上看一看树梢

他把自己锁起来变成一块熔化的石蜡
那颗羸弱的心脏无处找寻

（23）

很少有人像你一样
将自己挂在树上如同一张白纸
一匹白布

那棵杏树被砍伐，又从下面重新生长
却从不结果实

（24）

你没有自己的生日
你只记得那些孤独无助的生活
你一生都在追问自己的出生
即使那个日子被推导出来
你也没有放下怀疑
而来自他人的怀疑比你更多
在这件事上你眼神空茫

从来没有收获一次惊喜

（25）

他围着一棵枣树走来走去
那棵枣树一定就是现在的枣树

那时候枣树还小
现在的枣树几次险些被人锯掉

他不是饿死的
谁也不能说他是饿死的

（26）

1986年，高血压
开始在这个家族显现
成为一种要命的病

你的手表，皮鞋，袜子
皮带，以及高烧
一起冻成了冰

（27）

一个被呼唤名字就能回家的人

一个亡故多年还在游荡的人
他还记得自己尘世的名字和亲人

（28）

他的三绺胡须不是故意留的
一绺用来思考事情
做出决断
两边的八字胡生动起来
就发脾气

（29）

她悄声说话，使坏心眼
在白菜窖里骂人

她的两只眼瞎了
有一只眼在去世前看到了光

（30）

他在大锅里煮过的动物尸体
持续多年散发臭味
他门前的树上总是有
赶不走的乌鸦和猫头鹰

（31）

他的年龄跨过九十岁还没有停
如果一生有很多台阶要爬
向上还是向下，并不重要
九十级还是一百级没人真正去数

（32）

他的剃刀下
有一块不规则的顽石
多年之后
顽石生满了苔藓

（33）

他把所有人的葬礼
喊叫成一出出热闹的盛典

（34）

你被拿去一部分心智
和一部分生活
你坐在蒲团上傻笑
已经无法调动善良的肌肉
却能手指晴空

痛骂上一句

（35）

你在酒里，在泡子灯的暗影里
红楼之梦在你的呼噜里
江湖之远在你宽大的袖筒里
你踉踉跄跄，结结巴巴
只差从耳朵眼里抻出一根金箍棒
大叫一声：呀哒——

（36）

你暴毙于床上
此床与残喘无关
你暴毙于风
从空荡荡的麦田
长驱直入的风
把你年轻的灵魂装入锦盒

（37）

她往嘴巴里喷射气雾剂
一切甜味都令人感到满足
窗外的树上长满了红枣
正在小雨中一枚一枚裂开

（38）

她往河里走，另一个村庄
就在对岸，但是
漩涡
却在中途

（39）

她哭了一个又一个长夜
直到剩下她一个人
她手扶着门框
看不到任何一个人归来

（40）

摩托车像一匹公路上的快马
在摔断他的脖子之后
发动机还在轰鸣

（41）

他驱赶小男孩进了学校
学校的墙上
挂着世界地图

（42）

他像图画书里的文人
仰着下巴，鼻孔朝天

在农民们面前
仔细计算自己的工资收入

（43）

他和日本人拼过刺刀
一道伤疤成了终生荣耀
在这个村庄里
没几个男人有这样的血性
而又幸存下来

（44）

她一天一天幻想回到过去
有粮食，有锦缎
有自己的土地和长工
有个壮汉给她家挑水

（45）

他喜欢那些风干的鱼鳍

带着海里的盐

他像猫一样品尝

神情严肃

咀嚼着骨头和刺，在辨认哲学


（46）


谈不上爱，谈不上不爱

生活就是这样

有一扇门，就有另一扇门


（47）


独自开门，独自关门

独自管理五官和肠胃

一口空空的铁锅独自锈穿


羊群的白是温暖的白

五月枣花甜腻

那么小，那么微弱的甜

根本无法收藏


（48）


你有饱满的乳房

它们高耸着黑色的夜晚

危险，痴迷

它们不属于你的身体
它们只是被污染的土地和水源


（49）


烟叶子挂在墙上还没有干透
她单薄的身子一次次
鼓起来，小碎花的外衣
还没有穿旧，她留下一个男人
独自受苦，还有四个儿女
漫长的成长


（50）


她吹灭最后一缕烟
预知到自己大限将近
不再作任何人的信使
那神秘的地方，她要亲自走一趟


（51）


天地不仁，以万物为刍狗
人便是人。活着的人
血缘细弱也是绵长的河流

村庄端坐于白天和黑夜的轨道上
行走于过去和未来之间
不问姓氏，男女，来自何方

逝者都是善良的，何必
秦琼守门，钟馗捉鬼
那么多人都去的地方，必是圣地

阿弥陀佛
星空万亩
此夜清凉


## 4.水井的故事

挖　井


生产队的壮劳力都在现场
挖井使用的动力
来自关节角力的脆响
来自鸡鸣犬吠，来自
胃里的红高粱和发酵的怒吼

土地被掘出一个深坑
粗麻绳和木杆绑缚住
生铁打造的钻杆

几十条筋骨毕现的小腿
进入旋转的碾道
如果一直这样发扬愚公移山精神
不舍不弃
理论上可以钻透地球
把帝国主义的肚皮钻个大洞

水在深处咕咕叫
深处的河流流向哪里
谁也不知道
水是苦的咸的，还是甜的
谁也不知道

当地表的河床生满杂草
天空也不再垂怜
纸张般开裂翘起的土地
春旱中小麦正在枯死
天空之蓝却一如大海

这是一场发生在土地上的仪式
一场张扬欲望的祈求
一场眉来眼去的狂欢
在盘旋中尘土升腾为云
水在深处挣扎
大地的脊背正在承受击穿的疼痛

生产队长站在高处挥动大手发出命令

头上戴的绿军帽环绕着
白色的汗碱
绿色衬衫敞开绛红的胸脯
一切都是绿的
革命是绿的
树木也是绿的

金属钻杆的猛烈撞击
一万亩麦地
感到了坚硬的震撼和水分子的潮湿

## 辘　轳

田野的秩序掌控在牛犁下
也掌控在水流的速度里
晨昏之间，人
站立在一口井的边缘
绳索和水斗，最简单的物理原理
改变着季节的色彩

沟渠映照月色，虫鸣啾啾
露华凝重
那是上千年的故乡
诗意与贫苦交织的意象

有辘轳，有女人，有狗
就有一个家庭

有犁铧，有男人，有牛
就有一片平原
有平原的人可以从各个方向
进入自己的领地
从天空俯视，从土地仰视
从远方眺望

平原上，每个季节的气息都是不同的
但是水的气息不改变
水的智慧像油灯的光亮
水在女人的身体里变成白棉花
在男人的身体里变成铁，变成火焰

井台上的辘轳
也像人一样站着


水　　车


一口井在干涸之后
生产队长的手臂酸软无力
他叉着腰忍受着牙疼
第三口井干了，废了
在这片土地下面的河到底
有几条支流

垄沟里长满水草
紧挨垄沟的玉米结出了

最大的穗子
玉米地里偶尔会发生浪漫的事
不过，秋天呀
那有多累

所有的水车最后都拆解了
环环相扣的锁链不知去向
而缺损的沉重的齿轮
尚能敲出钟磬之声
车水的黑胶皮拖着铁锈
埋在粪堆风化
曾经带有牛粪气息的井水
每个农民都痛饮过

死在井里的人

是她，她将这里始终当作异乡
她在痛哭时，哭的是另外一个故乡
她要让这片土地还给她足够的水
她要满满的怀抱像重新
怀上一个孩子

另一个女人在每个月圆之夜
都能听到一声水响
如同听见一个提满水的铁皮桶掉下去
她常常在半夜惊醒心惊胆战
水桶掉下去了

几十年也打捞不上来
几十年间那个掉下去的声音
重复了一次，又一次
直到井水干了，还在响
直到井被填平了，还在响

那口干枯的井在月圆之夜点满了蜡烛
以满溢之光替代流逝之水
浪游的少年远远地在荒原上嘶喊
同伴们消失，又聚拢
乌鸦惊飞，落在遥远的树上
村庄仍然坐落在黄金的国度里

## 甜水井也干了

土地的深处有糖
在慢慢溶化
200米深，有白花花的糖吗
孩子吃成了胖子
葡萄长成了眼睛
桃子的气息里裹着酒香
所有植物都长高了
小麦呀，玉米呀，绿豆呀
哗哗地流进粮仓
电机嗡嗡响，催眠整个村庄的美梦
每一台都在发烫
高大的砖瓦房在村子外围蔓延

写着喜字的红纸
贴在后墙、树干、水泥电线杆
贴在小汽车额头

村庄里的人们不知道
地下的糖化没了，他们睡在
越来越深的漏斗之上
奔走在一面空空的大鼓之上
即使男人的精囊正在干瘪
女人们的寻欢作乐更加小心翼翼
即使更多的年轻人躲进城里
让村庄变轻，但是老人们的咳嗽
却越来越重
整个平原充满回音
所有正在生长的庄稼和杂草感到了震惊

村庄里有一条
贯通东西的已经轧烂的柏油路
雨水在坑洼处滞留
汽车匆忙而行
在夜间摇晃大灯
路尽头一座年久失修的桥
日日夜夜在颤抖
农民们偶尔会想到河里的鱼
在乌黑的水流里翻一翻身子

# 第四章　私语

那个男人来了。

那个男人带着一把镰刀来了。

你们这些挤在一起的小麦，

是解散的时候了。

　　　　　——［伊朗］阿巴斯·基阿鲁斯达米

# 怀 疑

干旱的土地，从四月开始持续
土地上所有声音都变得嘶哑
乌鸦叫得无力，而云雀

频繁地往来蓝天与土地之间
瞭望远方的风，是不是
带来了成吨的雨水，是不是

牵引着闪电，牵引着一座
天空里的山脉。而它无法追赶
银色飞机抛弃在天空的河流

那条银白色的河流还没有
等到云雀飞抵，就已经无情地
飘散在空空的天空

深井发出饥饿的回响
仿佛听到了农民们的恐慌，仿佛地球内部
也没有了怜悯。土地在悄悄裂开

但是不流出一滴泪水
太阳每一天照耀，沉默无声

如一种严厉惩罚，只在夜晚

才熄灭怒火，他似乎觉得
这一片土地太小，小得无法再有
仰望的生灵，这一片土地过于金黄

仿佛所有强盗的黄金
被挖掘出来堆积在这里
他不屑于数一数，他放出鹰

一天一天在高空监视
看看人类要用黄金塑造多少神像
他们铺展在土地上只能

变成粪土，变成草芥
变成坟墓，变成暴力的冲动
变成河流里的死鱼和腐臭

一个中年人，在田地里徘徊
他的双眼望着天空
等待以万物作为祭献

一个女人悄悄抹泪
她撩起衣襟
要以乳汁喂养一株麦穗

## 拾荒者

暗夜允许篝火升高舌头
废弃物中的铁器直立起来
仿佛战争的遗民，或时间的标识

城市像一个驼背者
灯光自怜般明明灭灭
塌陷的边缘游荡着无家可归的人

和被秘密压垮的人
姓氏凌乱，口音里隐藏着
不同的河流，不同的海拔，不同的

祈祷词。一个小小的联合国
每个人代表自己发出声音
代表自己进食，饥饿，呻吟，诅咒

也许一直活在昨天
是安全的。水泥管道，烂尾楼
铁皮或陶瓷屋顶，宣判书，以及各个时代
制造的铠甲。月亮始终悬挂在
一个木头枝杈上
然后陷入楼群，陷入一阵阵宠物犬的吠叫与喧嚣

灰麻雀与黑色的喜鹊
从楼房的暗巢和电线上俯冲下来
与流浪者争夺发霉的米粒，玻璃糖纸

纸板箱上印刷的美餐，仿佛算命一样
啄破每一个歪斜的英文字母
侧过一只眼睛去发现另一个世界


## 窃窃私语

你怕一个人吗？只有一个人
在屋子里，连性爱都不敢想

你的乳房是一左一右吗？没有疼痛
也没有斑点，没有坚硬，也没有水声

你的肚子里有过生命吗？从无
到有，你怀疑过那些有毒的名字吗

你的呼吸吹到另一个人的脸上
那张陌生的脸，怎么熟悉起来的

你什么时候习惯于身体流血？你身体里
那红色河流的干涸，会不会让你紧张

你装扮自己，不敢让男人亲你的脸

而你卸了妆，是不是一定要关灯，不敢站在镜子前

你拥抱时从来无力，你的双臂
为什么还要缠绕自己，你需要捆绑还是拥抱

你被一个人爱，每天都笑着，那个被你抛开的人
也在笑吗？是傻笑，奸笑，还是冷笑

你真的需要男人，还是需要一个人，或其他
提醒你活着，你存在于此世，你的刺痛，你的快感

你走路的样子像百合，像玉兰，寒风吹着
你指骨的白，这是不是你凋谢的姿势

那时你为一个男人失眠，现在你为自己失眠吗
失眠就像白色药片，一杯水浸透黎明

你是谁？你的整个身体在向下沉坠
你的双肩挑着乳房、肚皮、屁股、大腿

隐藏的肚脐在哪里？曾经裸露着炫耀
一枚上帝奖赏的硬币，一棵树被移走的地方

你这巨大的豆荚，不开裂，也不控诉
窒息了几个计划外的生命体呢？那些铃铛，那些泥娃娃

——孩子，现在是几点，你都在说什么

我告诉你，世界是白色的，我自己也是

## 幽　灵

翅膀倾听大海，黑瞳巡视暗夜
岩石和岩石上白色的泡沫
古树和古树年轮里的泥炭
蓝色所包孕的幻梦，金色遮掩下的盲目
在天空，我的重量无法飘荡
在海水汹涌间一切也都不能沉沦

舞台，绛紫色大幕拉开
铃声响起，我在灯光后面
看一个白鼻梁小丑唱诵顺口溜
有一首帝王爱听
有一首贫民爱听
人们哈哈大笑，有的笑出眼泪
满头大汗地捂住嘴巴

我在谁的掌纹间游走，风景颠倒
我在谁的门前窥视，灯光虚幻
唱梆子腔的戏子得了肺痨
咳出葛针、血、酒精、壁虎、麻绳

说说你的动机。我
在每一处留下疑问，白色粉笔

画出一座牢笼
对于无法完成的回答提头
来见。一堆杀猪刀，锈结
隐藏了最后相见的叮当脆响
和不必再擦干的血迹
似乎佐证任何使命都能完成
冥婚者已经安眠，驴子找到了
母马，不再搅扰生者
所有失眠之人，白日之梦
要重新寻找动机

死婴的小手紧握一只红漆拨浪鼓
她有人间撕成碎片的通行证
嘴巴还在吸吮爬满蚂蚁的蜜糖
眼中的黯淡烧成了石灰，仿佛黎明

谁赋予我摇动手指的乐趣
我要进公共浴室看看，洗个大浴
全城停电，整个地球停电
为我铺就黑色的地毯
让我回到鲸鱼的呼唤里


# 大　鸟

大鸟在傍晚
飞越了六个村庄

六张黑暗中的嘴巴

吐露白牙

它在一条

闪光的河流栖落

这条危险的河流上

奔跑着凶猛的灯光

这是一条干涸的河流

没有水波，没有漂浮

它必须像人一样直立行走

模仿一个怀疑者

脖子昂起，眼神迷茫

头上晃动黄色与红色的羽毛

但是随即

它的羽毛

撞进一辆汽车

巨大的轰鸣里

这猛兽

似乎涌起的一个大浪


# 女友记

## A 面

美瞳，黛色眼线，装饰眼镜

金色卷发，金项链，红宝石戒指

葱玉手指彩指甲
白金耳坠，貂皮，狐狸
爱马仕，LV，一堆瓶瓶罐罐
油腻的脸，厚薄不一
断了珠链，满地乱跳白珍珠
黑色高筒靴，包臀裙，网眼丝袜
或官或商或骗的迷醉光环
红唇探出宴席，嗓音调整有度
可甜可苦可嗽可怒可骂可笑可肚子疼
头疼腰疼牙疼颈椎疼猪肝疼
这个猛禽，胭脂虎
浑身塑料与假象
一个经纪人，交换者
钻石阴翳，黄金熠熠生辉

她隐藏男人的鱼腥味，铁锈味
闪光灯冷森森，丝绸
滑过腿毛
空房子，汽车前座
蓝牙耳机，她在自己的城里
在玻璃之间变为廉价琥珀
她可以走很远的路并
不动声色地路过百货商店
瓜子小贩，棒棒糖旋转的风车
脚气净广告，失踪者画像
这匹野马，斑马，骆驼

这匹狼，狐狸，山羊
这条蛇，斑鸠
蝴蝶

一地乱跳的白珍珠
无人捡拾

B　面

在你的红唇上，我吃到塑料橡皮的气味
吃到虚假的呻吟，伪造的身体在犹豫
但毕竟受到了鼓励
肌肉紧张，有个地方已经
坚定地耸起嗅觉
哦，我爱你透明的身体
及其粉红的庙宇，爱你缭绕的眼神
和在心口颤抖的凶器
爱你舌尖的缠绕和微甜的津液
爱你一切表象的征兆和身体的河山
请容我爬上树顶，把刺伤我的鱼钩找到
把这棵歪斜的柳树砍伐
让它以断颈仰望天空并渴望再生
我在污浊的湖水边采摘莲蓬献于你
涂满阳光的腹部，那漩涡，那生死

我左手抓住你右侧的乳房拥你在怀

我在哭泣，我的圣母，我的情人

爱我的人，抛弃我的人

我的锁链、玻璃、蜜水、伤口

我无数次，没完没了地，亲吻你，撕咬你

不要呻吟不要打翻堆积的书中的黑夜

与黎明


## 捆　绑

一个被五花大绑的人即将押赴刑场

绳子扭结了多个死扣，每个方向都是末路

每个死结都硌在神经节点，每个节点都有不同的疼痛


在红场他被一枚臭子砸中

在恒河边他被一条鱼砸中

在阿勒颇他被一块玻璃砸中

在纽约他被摔倒的女神砸中

在多伦多他被鸟屎砸中

在马尼拉他被椰子砸中

在东京他被苍井空砸中

在人民路他被西红柿砸中

在胜利路他被鸡蛋白菜土豆芹菜萝卜大蒜大枣花生核

　　桃栗子木耳山楂苹果大鸭梨啤酒瓶陶罐奖章五金配

　　件圣经佛经四书五经语录文集茶壶茶碗咖啡奶

　　茶勺子铲子笤帚簸箕玻璃球三角板……砸中

他就这样被掩埋
他伸长脖子要喊救命
一根绣花针穿透了舌头
大街上风声激荡
灌满了他的喉咙

## 断轴事件

你的专列，庞大的机车断在高速公路上
疯狂的钢铁也会撕裂
沙子正从车斗上流泻悲伤的汪洋
你点一支烟叼在嘴角，一边痛骂疾驰而去的陌生人
痛骂一切偶遇的烦恼和无法绕行的道路
痛骂装车的铲车工，拦路勒索的流氓
私吞罚款的人，痛骂劣质烟丝，劣质钢铁
痛骂在电话里哭的孩子，抱怨的女人
痛骂某一个与断轴无关又有关的人
你喝掉仅剩的热水，然后在路边撒尿
冰冷的金属栏杆没有熔化却冒着热气
路总是跑不完的，怨恨越抻越长像一副皮筋

断轴的机车在模仿奄奄一息的恐龙
只不过那些齿轮，那些零件，因为力量的改变
有的紧张过度，有的松懈着，在滑脱

每一次螺丝落地都发出乒乓球一样可爱的弹跳
像冰鞋落在冰上，珍珠落在玻璃上
金属硬币掉在银行光亮如镜的瓷砖地面上
每一次掉落，你的唇角就发出一个音节
直至大车完全趴在地上，招引来蜜蜂、黑色的昆虫
你眨着黑眼睛，遥望救援车辆要来的方向
不敢打喷嚏，不敢打盹儿，青草正从那些沙子上发芽

从此以后，你的耳朵异常灵敏
每次跑在路上都会认真听那庞大的躯体发出的每一声咯吱
咯吱咯吱，咔吧咔吧，嗡嗡轰轰
你是一个老司机了，熟悉了路上的人、店铺、灯光
熟悉了每条路的分岔，这是你与他人最大的不同
超载一百吨的机车，庞大的机器，瘦弱的大脑
你们啮合在一起，断轴只是小概率事件，你相信
钢铁、装车工、勒索者、劣质烟草、驾驶其他车辆的司机
相信女人、孩子、路上每一个人，相信草、蜜蜂、黑色昆虫


## 鹦鹉与孩子

一只虎皮鹦鹉在笼子中大笑
抖动着羽毛，产自安平的丝网为它营造出一个世界
它对遥远的收割气息感到陌生
收割前的麦田浮躁
风一遍遍摁下向上昂起的头颅

如同嗅到成熟的女人们散发出的荷尔蒙
笼子里的虎皮鹦鹉也在骚动

我用麦草编织了一把手枪
用树枝削了一把宝剑，别在腰里
我看见一头牛与一匹马
结伴在黑夜走
它们争论应该拿走谁的缰绳
我看见父亲与母亲笑着出现在万里远的地方
父亲在砌一堵倒塌的墙，他不但是屠夫
还是泥瓦匠，无论做什么都讲究恰到好处
似乎早就通晓艺术的秘密，而母亲
扬起木锨正在判断打麦场的风向
她眯起的眼睛里看不到泪光

一支烟夹在食指与中指之间暗火轻烧
此刻风吹麦浪的声音反而黯淡
那是上帝。不，那是太阳
那是耶稣。不，那是月亮
那是佛祖。不，那是星光。
那是菩萨。不，那是飞行器的闪光
一切都来得及——
我在白天种庄稼
在夜晚蜷缩成孩子，数着十根手指

# 第五章　我的麦田

麦子快熟的时候

麦子还没有熟

—— 姚振函

人物：贼，男，25岁左右。

　　　稻草人，男，35岁左右。

　　　警察甲，男，50岁左右。

　　　警察乙，男，22岁左右。

　　　农民，男，60岁左右。

　　　农妇，女，45岁左右。

　　　15岁女学生6人。

　　　摄影师助手1人，男，20岁。

　　　长胡子的摄影师，男，36岁。

　　　穿白色婚纱的女孩，24岁。

　　　穿黑色西装的男孩，25岁。

　　　麦客，红色收割机驾驶员，男，40岁。

　　　一个头戴各种花朵的精神病女孩，20岁
　　　到30岁之间。

地点：麦田

## 第一幕　贼

时间：傍晚

贼：

天，快快暗下来
快快将一切遮住
我似乎一下子学会了拍打翅膀
任何一簇尖锐的麦芒
也没有刺伤我
但此刻我浑身的皮肤在燃烧
每根神经都在挪动位置
仿佛蚂蚁们在我的身体上寻找出路
仿佛我身体里也要钻出麦穗

我慌不择路，越过干涸的沟渠和坟场
麦田仿佛低矮的密林
我爬行在里边
模仿四足动物
当我气喘吁吁躺在里面屏住呼吸
我愿意像一具无名的死尸
埋在里面，不被发现

我必须不惊吓任何一只小鸟

飞溅起来
吸引追踪者的目光
天空啊
快快为这里盖上一个盖子
哪怕是乌云


稻草人：


十字架是我又一副骨骼
六月的麦田绑缚住我
像对待一个罪人
又似对待一个不愿放手的孩子
阳光和干热风拂荡麦田
也变成我身体的一部分
这一部分的内容似乎可以柔软
却也生满干燥的鳞片


我累了，虽然我不会倒下
我在咀嚼自己
我不是我自己的食物
我咀嚼自己的牙齿
它们发出沙砾的声音
似乎有一座矿坑还在挖掘
我咀嚼自己的舌头
它的沉默让我心慌
就像白纸上黑色的文字

没人听见它们无休止地搬运
荒谬与疑问
饶舌与喧嚣
只有火焰了解纸张
可是火焰也了解干燥的麦田
不要把火焰拿进来
举着火把的人
请将火把在水渠边熄灭
看呀，太阳
正在缓慢地熄灭白日的荣光

农民：

麦子快要熟了
就让青草再长一长
不知道为什么
我拿把镰刀走出了家门
我本来想拿一把铁锹
把通往麦田的道路
重新整修一下

我已经嗅到了麦香
我在家里坐不住了
我天天能听见
有人在喊我的名字
他躲在屋顶上

或墙外面
像布谷鸟一样拉着长声

啊，麦香
肉体一般隐藏的
麦香，我捏在手里
那黄色的颗粒
越来越像麦子
在它绿的时候
它就是奶水
是娃娃们的肌肤
当它熟得硬了
我这满是老茧的双手
就像为它准备的一个打麦场

农妇：

春天的时候我总是想骂大街
不是因为大街上的老人和孩子
也不是因为村子里跑来跑去的汽车
也不是骂鸡，也不是骂狗
说来说去似乎毫无原因
只是那么长的夜
我一个人从点灯熬到天明
土地里有干不完的活
它累死了多少人呀

如今谁能看见他们的影子
我一难受就想起那些死去的人们
我一哭就会絮絮叨叨叫他们的名字
我也骂他们，是他们让我受累

麦子割了一茬又一茬
人活了一辈又一辈
我的牙将来也都会掉在地里
在我弯腰干活时
一枝麦穗就会把它们摘走
有多少人在用塑料牙齿吃饭喝粥
在他们嘴巴里的骨头上
是假牙在说话

可是假牙也要吃馒头
也爱吃炸油条，吃老豆腐
只是假牙让我畏惧
那毕竟不是身上长出来的

天快黑了
我不能再守着这块麦子了
太阳掉进了村庄后面
没有被照亮的这一面
一会儿比一会儿黯淡
好像眼睛里的雾
回家了，回家了

鹌鹑们不要再藏着了

稻草人：

哇，她终于转过了身子
我真担心她会从那些干草间
发现我的身体
哦，罪过呀，我的
血液竟然在加速
尽管浓稠的血液源自心脏
这仍然让我意识到了自己的性别

我还不是失去性别的人
即使我被晒成干草
还有繁衍的种子在身体里埋着
平原，给我一个下雨的夜晚吧
西北方向的天空乌云涌动
镶金边的云，仿佛在推动
一座乌青的高山

小鸟，不要在枝间窜来窜去
落在我的左手上，落在我的右手上
不要惊慌，也不要
在我的头上拉屎
我可不想作一个愚蠢的雕像
每天盼望雨水的清洗

（农民离去。天暗。雷声）

贼：

我看见了路上的扬尘
他们打开了车灯凶猛地奔跑
他们在追捕我，一个犯罪分子
一个小偷，一个怀里
揣满手机的人
那些乱响的手机
破坏了我奔跑的节奏
我一个个丢弃在路上
在杂草间
还没有看完里面的信息
我从什么时候喜欢窥视那些隐私
而不是尽快把手机卖掉
我了解他们谈情说爱
看他们美好或者丑陋的言语
我试图从一些漂亮的面孔
看出化妆或者PS痕迹
我试图从他们的通话记录
破解一个人与另一个人的关系
我浏览他们的购物记录，苦恼诉说
他们谈论的房子股票坏天气
他们不停在更改方向和距离的远方

我欣赏一个孩子成长的视频
就像从窗外看到一个幸福的家庭
我甚至接通过机主的电话
被责骂，被威胁，被哀求
我都是哈哈大笑不谈条件
笑他们都成了失踪的人

可是这些手机我已经还了出去
我一路奔逃一路丢弃
它们响着铃声，音乐
固执地不肯停息
我的兜里只有我自己的一个
也已经关机
警察呀不要再追我了
难道那些手机一直亮着屏幕
给你们指引了方向
像一枚枚闪亮的脚印

稻草人：

鹌鹑紧缩翅膀
把四只小卵藏在身下
哦，刺猬，不要拱我的脚背
不要在这里做巢
天要下雨而已
何必慌慌张张东躲西藏

你把自己躲进一身刺里
风也不能把你吹上天
雨也不能把你冲进河

逃亡的人，不要躲在我的身后
紧紧地，仿佛要挤走我
我看到你的脸似曾相识
可是这片土地上
许多人长有相似的眉毛与额头
相似的目光，相似的颧骨
你也与我相似，却不是我

现在我的语言里只剩下感叹词
我哄麻雀就发出"唔"音
我唤兔子就发出"噜"音
当我仰望天空我发出"吁"音
当我俯视草虫我发出"咦"音
可是此刻我不想说一句话
我不想引起你的注意

嘘——，你不要再自言自语
警察已经向这边走来
你不要躲在我身后
快找个地方躺下来
整个麦田都在晃动
谁也不会看到你躺下来的身影

（贼向麦田深处爬行，躲藏）

警察甲：

快去那边看看，那里的人影
是不是那个小偷
小偷的脚步总是匆忙
小偷的胆子总是很小
小偷总是会慌不择路
小偷盯着地上的每一个洞穴
随时准备进去躲藏
他们可不像那些腐败者
可以明目张胆地表演忠诚

盘旋的乌鸦正在回巢
似乎天空托举着风暴
远处森林中晃动的手臂
在加快驱赶乌云
一支庞大的军队在擂鼓前进
闪电步步紧逼
它是为保护逃犯而来吗
要把他挟持，还是
要把他从麦田里驱赶出来

一个小偷，一个贼

躲进汪洋般的麦地
即使他本来是一个农民
我们也要抓住他
捏碎他的卵蛋
好吧，看在天气的份上
快去快回，看看那逃犯
到底藏在哪里


警察乙：


（整了整帽子和腰带
手持橡胶棍跑进麦田）


我熟悉这里，这里的小麦
跟我父母种的是一个品种
尖尖的芒刺，绿色的麦穗
正在转黄，应该说
今年丰收在望


结实的麦穗已经灌满浆
如同一颗颗子弹在碰我腰里的手枪
我的手电电量很足
光柱扫射麦田，麦田仿佛波涛
荡漾，谁能藏在这里
在暴雨即将来到之前
鸟雀惊飞

树皮收紧了年轮

而土地拱起坚硬的脊背

准备承受暴雨的击打

只有鸦群在麦田上疯狂地盘旋

那里刚刚发现一个自杀的通缉犯

在夜晚来临之前

他的腐臭还没有散尽

他选择在麦田了断了自己


偷手机的贼，你往哪里逃

我要给整个麦田戴上手铐

给每一棵树套上锁链

让每棵小麦学会告密

——它们正在这样做

摇晃头部传递暗语

我远望麦田的中心

看到你站在那里还不藏匿


跳过十条垄沟

蹚出一条通道

我从大路直奔你而去

你若束手就擒，在天黑之前

不，天空已经足够黑暗

我抓获一个盗贼

我们都有事可做了

你可以整夜睁着眼睛忏悔

（来到稻草人前）

哦，那是什么，那个贼

他穿得衣衫褴褛，像尿布

披在肩上，又像所有国家的国旗

不分先后缠绕着身体

柳枝在他头上护守一个鸟巢

杂草挂在他的手臂上已经晒干

稻草人呀，稻草人

他吓了我一身冷汗

我似乎看到一双眼睛从杂草后面

直视着我，我用橡胶棒

捅了一下他的手臂

却什么也没有发生

既没有躲闪

也没有尖叫

既没有颤抖

也没有逃跑

我仗着胆子四下照照

整个麦田倾斜着指向远处的森林


我承认我有点害怕

我认怂了，逃犯，狗贼

喧哗的森林包围着麦田

要知道，这麦田

跟我家的麦田一个样子

我为什么会害怕
我的脊背冷汗直冒
仿佛钻进了一条花蛇

（他怏怏地走出大风中的麦田
带着失落和迷茫）

警察甲：

怎么不把他抓过来
你个笨蛋，一个小擒拿
管保他哭爹叫娘
胳膊腿三天都伸不直

警察乙：

那是个稻草人，站在田里
他见到我不会跑
缠满了破布，仿佛联合国
在给他撑腰壮胆
也许那贼，逃进了森林
尽管那一片森林并不古老
可我不知道那里会有多么深幽
一把手电似乎无法照亮

警察甲：

便宜了这小子，不然抓住
哼哼……


（警车亮着大灯在乡路上开远
闪电划开一道道裂缝
风吹弯了所有的树，吹弯了乌云
麦田周围没有了任何人声
麦穗摩擦的声音越来越响
所有的枪刺在互相碰撞
十万军兵在平原上列队
在大雨之前，铠甲呈现暗淡的金黄）


稻草人：


警察已经走远，小贼呀
别再藏了
风中的麦田隐藏了你的颤抖
而我也做了一次你的同谋


快快出来吧
别再学鸵鸟把屁股露在外面
竖起你的耳朵听一听
大地上还有什么威胁你的生命


你不要跟田鼠挤在洞里

也不要占了兔子的草丛
你不要躲进麦壳
免得折断了麦子的秆茎

大风已经刮起漩涡
收割的欲望比农民还要急迫
雨滴正在急切地回到故乡
这土地有足够多的话语跟他们诉说

来吧，大风，来吧，乌云
来吧，把天堂的泪水浇在我的头上
来吧，把人间的隐忍推倒重来
来吧，闪电，割开我的血管让我喷涌——

贼：

不要喊了，求求你
把声音放低
我浑身早就湿透
仍然颤抖不已
感谢麦田没有吐露我的藏身之所
感谢风卷来了乌云
感谢黑夜
让我的身形藏匿
感谢你，稻草人
你后背的十字架

让小警察以为遇到了坟墓
他脚步虚弱仓皇逃离

不瞒你说
我最怕遇上小警察
他们以折磨为乐
把我关在笼子里
其中一个还是个表亲
不知为何他会如此残忍

我躲进鼠洞倒是好了
我躲进麦壳倒是好了
可我无路可逃，无处可藏
我在麦田里变成蜥蜴
爬来爬去不敢回头

你这奇怪的家伙
为什么不说句安慰的话
也不表现一下同情
我现在一无所有
身上穿的比你还少
可是，你是谁呀，让我感到惊奇
你发出嘶哑的喊叫
我以为遇上了
从坟墓里钻出的鬼魂

稻草人：

嘿，我也许该叫你一声老兄
我不是慈善家
也不是法官
我只能沉默
我没有供出你行踪的义务
也没有庇护和同情你的责任

对于这个世界
我比你更想躲进麦壳
我看见许多人坐在小汽车里
许多人也坐在火车里
有的人要去远方
有的人只是围着麦田转了几圈
他们从玻璃里面
观察世界，观察行人的神色
从里面怜悯行路者
风尘仆仆的仓皇
你应该讨取他们的怜悯
而不是我的
我只是自缚于此
吓唬一下成群盗窃的麻雀
我自己已经成了
一座正在发芽的十字架
或腐朽的十字架

成了麦田里最高的墓地
只不过谁也不会感到害怕
也不会对我肃然起敬
连麻雀都已经熟视无睹
刺猬在我脚下做巢
蛇想沿我的手臂
爬到高处
蚂蚁们正在蛀空我身后的木头
这些木头没有信仰
无法阻挡蚂蚁们
一座麦田
也无法满足蚂蚁们
它们不需要朝圣
更不需要向麦田致敬

贼：

好吧，别再啰嗦了，伙计
闪电好像立在了大地上
雷声的怒吼让我心惊胆战
在片刻的寂静间
我听到远方雨水到来前
匆忙的喧哗
白茫茫的雨雾
正把森林纠缠
那些狗熊一样的大树

在跟风雨搏斗

能不能把你身上的布条借我一些
挡一挡雨水
那雨来得太急我会被
淋死在这里
曾经我多么喜欢下雨
可以死猪般躺在床上睡觉
可以不用开工去做贼
双手闲下来的时光真好
小偷也不能在这样的天气
去偷街上落魄之人
我会坐大巴车回到乡下
将双手抱在怀里
我面带微笑看着那些善良的人
不过只是想象一下
就让自己兴奋不已
我回到家跟邻居打牌
抽烟喝酒谈论女人
说说田里的活
说说可以做的生意

稻草人：

可以了，不要把我的皮都剥掉
我不关心你回家怎样

快快停手，不然
我会完全暴露在风雨之中

平原上无处可藏
我们就站在这里吧
看看雨水怎样击打土地
击打麦穗
怎样鞭子一样驱赶
无处可逃的兔子
我感到了你
后背贴在了我的后背上
就这样吧
你从我的后面
看另一半的大地
另一半的麦田
另一半的雨水

只是你把自己也绑在了
这个十字架上
我感到了后背的温暖
却也感到了后背的沉重
不要担心雷电
就像小偷一样
他不会伤害落难之人

（风雨雷电骤然而至
两个人在雨中睁不开眼睛
稻草人自言自语的样子
仿佛在吸食雨水）

我头顶上的鸟巢
幸亏是空的
像小鸟的一个海边别墅
它们飞进了森林
有一个不错的树洞

贼：

嗷嗷嗷——

稻草人：

呜呜呜——

贼：

谁也听不到我们的声音
这多么好呀！
我可以大声诅咒一切
而不会被惩罚

老天爷，你下这么大的雨
要把麦子都浇死吗
再下雨所有麦子都会发芽
所有粮食都会烂在地里

啊——啊——啊——
黑夜，我最喜欢黑夜
闪电，我最喜欢闪电
我把自己绑在这里了
所有想抓我的人都来吧

啊啊啊——
我就是一个混蛋了
但我不想做个懦夫
我就是一个贼了
我在白天偷窃在夜晚行乐
我是个光明正大的贼
我瞧不起那些衣冠楚楚的小人
雷电呀，你要把我劈死
也要打烂他们的玻璃

（闪电，霹雳
大风裹挟着他嘶哑的声音）

## 第二幕　另一面

时间：夜，雨停


稻草人：


你不要再颤抖了，夜幕遮蔽旷野
不会有人再闯进麦田
无论是为了抓几只鹌鹑
还是为了抓到你
你看闪电已回到高空
沉闷的雷声仿佛河流在冲撞堤岸

收起你眼睛里的胆怯、恐惧
惊慌、懦弱
安心坐下来
如果你不想再逃，就在这里
躲过一夜


贼：


我眼睛里有什么你也能看到？
我有恐惧吗
谁能让我恐惧
我有胆怯吗

我为什么胆怯
哈，你说我惊慌，的确
我奔跑了十几公里
能得一个体育奖牌了
警察们也许比抓住我更喜欢追逐

还从来没有人说我懦弱
好吧，我说这位套子里的先生
你在树枝、破布条、塑料袋后面
遮住自己的身体
但是我也看到了你的眼睛
你满眼的颓废，平淡的像白开水
一点生气都没有
像一个死人
你是在准备破茧重生
还是将自己藏进这里躲开人世的繁华
你的一身打扮倒挺时髦
如果走在城市的街道上一定会火
不过，也有可能被当成垃圾
扔上拖斗车

还给你这些布条
它们没起到任何遮挡作用
却让我越看越是荒唐
我真要认识认识一下你
（他从后面走了过来

认真端详稻草人）
可是，（他犹豫着欲言又止）
我真的看不清你的模样
你的五官，你的肩膀，你的手
都已经长在了木头里，草里
你头上的鸟窝虽然被风吹乱
但还是一只鸟窝的样子


稻草人：


可爱的小鸟一会儿就会跳回我的怀里
它知道躲藏，也知道危险
知道我的胸怀里有温暖


哦，你看到我的眼睛里
也许有颓废，但是我望着你
更多是怜悯


城市里我生活过，爱过
甚至死亡过
大街上众人如一
没有人知道我是谁
我在废墟上朗诵过诗歌
帮一位老兵制造过弓箭


我经常在树上过夜

因为我不知道夜间会发生什么
我住得高一些
总会躲过在树下来来去去的人
或者还有只在夜间才爬起来
窥探人间的鬼魂
在这片麦田
我脚踩着土地
除了一望无边的小麦
没有任何东西
可以藏身于不可知的角落
你跌跌撞撞地跑来
从一个我不知道的地方
出现在麦田上
我以为是一只慌张的兔子
或一只归来的苍鹰

我在这里
似乎一直都在
如果我不是理智的
我怎么记得我曾经到过城市
到过即将废弃的矿井
在那里睁大眼睛
看到的依然是深不见底的黑暗
我用灯
用蜡烛
在黑暗的画布上

画出太阳，画出一张
少女的脸
她的眼泪还没有擦干
我爱她的过去
想念她的过去
那黑暗也许就是穿越时间之门

（沉默忽然笼罩了麦田
两个对视的人
彼此找不到目光）

贼：

为什么，（他不知道
该不该问下去
面前的人让他开始丧失自信）
我会是一只鹰
而不是像你一样
失魂落魄的人，你看我满身
滴淌着雨水
而逃避，同样也是你的选择
尽管这不是我主动的选择
无可奈何，无路可逃

让我倚在你的脚下休息一下
让我身体里的暖气

回到胃里，回到手上
回到呼吸里，回到额头上

其实我连一只
淋雨的麻雀都算不上
我顶多是一头累死的骡子
一捆放倒的麦个子
所有的麦穗
都快发芽了
不过我感到了安全
乌云遮住天空
雷雨阻断远方
在你的这一方天地
我嗅到了土地的气息
麦子的气息
这让我想起小时候
躺在母亲怀里数星星
听见一万片树叶
在夜幕高处
哗哗歌唱

可我为什么
是一只归来的鹰呢
你不愿意我在你这里躲避
还是瞧不起
一个做贼的人？

稻草人：

（他仿佛一个盲者
对失魂落魄的人布道
无法猜测他的目光停留在天空
还是远方）
你不知道呀，你又怎能知道
就在前天晚上
那只鹰，折叠起宽阔的翅膀
轻轻落上我的右肩
我听见它与我耳语
苍老的嗓音似乎灌满了大风
而它是只年轻的鹰啊
新生的双爪镰刀般锐利
羽毛在星光下流动乌金
它听见我焦干的嘴唇发出召唤
它告诉我高天之上
清水澎湃，云蒸霞蔚
我与它密约去为这土地邀请雷电
为那些求雨的可怜女人带来好运
我要把这干净的水送给她们
不要浑浊的
不要没有浪花的
不要浸过死尸的
不要从陆地淌出的
送给她们的麦田

送给她们的房子以及
她们枯黄的庭院
她们干瘪的、紫色的嘴唇
你如果看见她们伤心地走在路上
你的偷窃之心必会惶恐


她们是村庄里的七位寡妇
那一日她们裹着黑色的衣裳
走在向南去的大路上
（没错，就是你逃来的方向
此时你向那里张望什么也看不到了
只有那些摇晃的小树）
她们哀哀地哭啼
诉说各自无法明言的爱情
诉说各自不同又相似的痛苦
她们将苦难诉诸逝去的人
将罪过也推给他们
如同他们活着时那样
摊开肩膀和手掌
承受爱，也
承担一切或大或小的错误
比如早晨的门轴坏了
没有发出吱扭吱扭的声音
比如驴子怀孕后
生下了一具死胎
比如她们再也不能生下孩子

一些危险的人敲打后墙警告她们
唯一的住处
她们夜夜警惕屋梁
不要被无端掀开
老鼠和蛇在上面跑过
蝎子住在墙缝里度过冬天

她们为了求老天下雨
一边哭着一边暴露了个人的隐私
那是她们的罪
她们隐藏了很久
隐藏了数不清的夜晚和
同样多的白昼
以为惹怒了天神，收走了
河流里所有的水
也正在收走所有植物里的水
所有人体内的水
连土地深处的水也不放过
那些深井成了有口难言的喉头
咕噜着，吐着泡沫
仿佛在引诱她们进一步说出
犯下的罪恶
她们连累了河流两岸的村庄
连累了无边无际生长庄稼的土地

然而，她们似乎并不知道

老天是谁，他姓什么
穿着宋朝的衣服还是
戴着明朝的乌纱帽，或者
披着红色的斗篷
或者是裸着身体被钉死在
十字架上的那个人
他是一个人，还是一尊神
是一个人，还是一群人
她们沿着道路行进
后面的人们手里挥舞着惩罚的柳枝
那条道路，终于
有一个象征性的尽头，在那里
只有衰弱的
干瘪的麦田和飞扬的尘土
黄昏的太阳铺在上面
在晒干所有的芒刺

那些寡妇的呼告，神的看门人
充耳不闻，更何况
杂乱的疾苦之声怎能准确辨认
来自过去，还是来自
正在挣扎的或欢乐的
土地上的生灵
一场雨始终都是恩赐
女人们黑色的衣裤低进尘埃
包裹着弱小的灰暗的灵魂

一朵巨大的乌云镶着金边
似乎被谁托举着
沿对角线飘过村庄和麦田
稀稀落落抛下巨大的雨点
犹如富人在
施舍硬币
也说不定是一位无可奈何的神灵
洒下了同情之泪
他藏在那朵乌云上面
看着渺小的人间
乞求和悲痛
犹似过分的喧嚣
可怜而又可恨
人们眼巴巴望着这朵乌云远去
仍然对这奇迹心怀感恩

贼：

寡妇都是性欲旺盛的女人
男人们为她痴迷
为她而死
那黑色的长袍下
埋着岁月的秘密和毒药
难道你也起了怜爱之心
还是也要拿一根柳枝

击打在肉体之上
听一听丰满性感的声音

稻草人：

啊，不要这样讲呀
那里面仿佛也有我的母亲
她们都是年迈的老人
那些年轻的寡妇是害羞的
她们不承认自己有罪
她们虽然没有走在路上
却将家门牢牢地锁死
将自己关进一座监狱

在这无边的暗夜我唯愿四肢伏地
放声痛哭一场
可是我连干嚎之声也没有
簌簌枯叶与衰草
抚摸着我抽搐的心脏

—— 我仿佛看见
你淋湿的唇髭已经干燥地翘起
你跟他们一样
一边寄托着以她们的苦难为要挟
一边又行着侮辱之事
只不过你换了偷窃的方式

（他调子低沉，不想再言语）


贼：


（他咳嗽了两声

掩饰自己的尴尬）


可我跟她们有什么关系

这又跟那鹰有什么关系

我承认我这人很混蛋

也没有什么高尚的灵魂

我不但偷窃手机

还偷窃别人的女人

我喜欢女人的风骚女人的尖叫

我就是这样一个人

什么也不怕，当然，除了警察

他们用秤砣系住我的龟头

津津有味听我杜撰的细节

你不知道那是怎样一种惩罚

我真想死去

只有两种情况我想到死亡

一个是此时，一个是

在女人的肚皮上

你不要嘲笑我，嘲笑我的人

还没有出生

在这个世界上
我是我自己的亲人
我拥抱墙上的影子
比石头还多，比灯光还多

那只鹰，对，你说吧——

稻草人：

我一度猜想，那只鹰
是不是迷恋天空而忘记了使命
或者，它累死在飞奔的途中

当你闯进我的视线，我多么激动
我以为
这场暴雨、雷电
是驮在你的背上
你就是那一只鹰
从天空回到平原
回到人间的邪恶与壮观之间

贼：

啊哈，我就是那只鹰呀
你看看我的羽毛浸透了水
紧紧贴附在身体上

它们像衣服一样透明
你看看我的双脚被他人捆缚过
又挣脱过
还留着紫色的血印
你看看我的喉结
我会发出大声的鸣叫，啊呜——
像不像高处的风声
从乌云后面吹出来
像不像老鹰从天空俯冲下来

啊，我看到你笑了，伙计
我看到了你的眼睛

你就把我称作那只鹰吧
我愿意是它
我跑起来快得像飞一样
你将黑夜披上我的肩膀吧
这是多么广大的翅膀
我喜欢这样的自由
比大地还辽阔，比乌云还高远

我是鹰，我是一只苍鹰——
可是伙计，你为什么
目光又黯淡下去
虽然天空滚动着雷声
夜幕正在天边盖住山岭

我也能看到你忽然落寞
一瞬间降下刚刚升起的旗帜
那些碎布条
在你的肩头轻轻抖动

稻草人：

如果你是那只鹰就不要回来
不要落在地上
跟随着你的翅膀飞
跟随着阳光的颠簸
像跟随灵魂的引导

你到我身后来吧，伙计
让我们背靠着背
夜晚的寒冷就不会从后面袭击
我最惧怕我看不到的身后
遥远，空旷，未知
虽然我知道那里
跟我看到的前面没有什么不同
同样是麦田，是树
还有一些顶着荒草的坟茔
它们像几位疲惫的农民
蹲在那里，偶尔
互相交谈，互相点燃旱烟
你帮我看着它们

也看着远处的山岭
夜间会不会移动
那些大树，会不会躺下睡眠
不管地上的蚂蚁和蒺藜


（贼又一次站在了稻草人的后面
背紧贴着他的后背
他犹豫着伸开双臂
他想到鹰，贴得更紧
一股暖流从脊柱涌进他的身体
他的四肢在生长枝叶
身体里的水在澎湃
仿佛河流满溢，鼓荡起声音


（夜幕中，麦田悄悄晃动
乌鸦在远处的树枝上
仿佛觊觎者缩着身体


（所有生命各归其位
唯有两个人在麦田里
站着入睡
他们是麻雀、瓢虫和一只野兔的家
是一个窃贼
和一个流浪汉的窝棚
一个人和另一个人）

## 第三幕　夜间的事物

乌云退去，繁星满天
一弯上弦月，风声飒飒


贼：


朋友你听，猫头鹰在叫
在召唤谁的灵魂
它的声音没有被淋湿
清澈得像个孩子
可是这不祥的叫声里埋藏了诱惑
死亡的嗓音从来如此
是我身体还是你的
呼吸透出了腐败之气
可是刚刚的雨水已经将我们清洗
猫头鹰一定嗅到了
我们内脏的腐烂
那些酒肉，那些我打败的生命
正在冒出仇恨的气泡


稻草人：


不要出声，你。

夜晚不属于你，也不属于我
我们呼吸缓慢下来等待睡眠
猫头鹰只是在呼唤同伴
它从山谷游荡到麦田
从河流和森林之上越过黑暗
没有谁追逐它
睡在土炕上的农民
谁也不愿听到它的叫声
那叫声似乎暗示
一个人的死亡而不是出生
新生命总让人欢悦
而人恐惧死亡
是不知道死亡后的灵魂
会去哪里，自己的生命又怎样延续
每个人都热爱生命
只是常常欺骗自己


贼：


（呼噜声——）


稻草人：


这家伙心胸比清凉河还宽
连刺猬在他脚踝上蹭痒都能入眠
而我必须醒着

我必须压制住体内正在升起的火焰
它不是欲望
是火把，是沸腾的岩浆
啊，我头上的柳枝
就要燃烧了
两只小鸟还在里面恩爱

贼：

你在嘟囔什么，朋友
我的后背着了火
难道你在偷偷吸烟
在半夜打开烟灶起火做饭
你有没有感到
脚下的草在疯长
后背上的木头抽出新的枝条

我也想入睡
想我的手放在肉上
那细腰，让入睡有了加速度
梦里虽然要不停奔跑
在火车站
百货商场、行人如织的街道上
躲藏与逗留
下雨或者阴天
就是没有太阳出现

也没有鸣叫的飞鸟
一个枯寂的世界
像一个又一个洒满银粉的舞台
摆布着道具
她的身体在我的怀里
温度，体积，质量
在加速中消失
我们生长毛发，青砖城堡
和鲜艳的毒蘑菇
一半时间在光里静止
一半时间在氤氲的空气里
扭动门的金属把手

稻草人：

等一会再睡，伙计
夜晚正是好戏开始的时候
你睁大眼睛
盯住前面——也就是
我的身后
这样我们就能发现
一个完整的夜晚

我看到一群人正从麦田起身
借着月光
擦拭身上的液体

黑色的液体似乎来自他们全身的细胞

不是眼泪

也不是血

也许他们从土地深处找到了

黑色的脉流

没有人打火把

没有人知道

黑色的液体也会燃烧

幸好是这样啊

不然他们也不能从土地上站起身

你看他们穿着银色的铠甲

手持金色的标枪

他们整齐的行走悄无声息

还有几匹快马

从人群之上飞跃而去


你看远处，从天空

纷纷落下闪着绿光的鸟卵

一枚一枚爆裂

那不是流星

也不是发射失败的火箭

你看黑色的金属碎片

蝙蝠般掠过树梢

幸好每棵树安然无恙

而山峰上那个

用镜子反射月光的人

从来没有倒下过

许许多多麦穗
在天空飞来飞去
它们带着风声
带着过去一千年的仇恨力量
沉甸甸的
从河流的两岸射来射去
不过，没有一枝麦穗
在飞行途中发芽
它们最终落进麦田
你看整个麦田晃动得愈加剧烈
你看远处的森林
那里隐藏着所有被射死的人
他们推杯换盏
集体丧失了立场
互不称谓姓名，不问籍贯
逝去的时间构成他们的嘴唇和毛发
他们只有同一个祖国
他们互换灵魂
以露水之目仰望人间

贼：

你的话让我头皮发炸
下巴哆嗦，浑身起了鸡皮疙瘩

我却看不到你说的那些人马
可是这边的麦田确实不同
似乎土地有一片塌陷下去了
有什么人正从那洼地里爬出
月光下他的身体闪着光泽
像锦绣的绸缎又像玉石的剖面
他哆哆嗦嗦站起身
如同一只巨大的老鼠立起前爪
他的手里抱着一颗人头
那人头似乎比巨石还重让他无法行走
那头上戴着闪亮的王冠
我想那或许是一颗国王的头颅
我听说过这里
曾经有过宫殿与古墓
那肯定是一个盗墓者
哈，那多像一个狼狈的窃国者

可是，我要不要也去看看
那个王冠若拿去变卖足够我吃一百年

稻草人：

你说的没错，那里是个古墓
每次灌溉和雨水都往那里汇流
地上的空洞越来越大
农民以为只是鼠洞或土地的裂缝

昨天这个盗贼就来过
今天趁着夜幕他要抱走所有

偷手机让你成为窃贼
偷古墓你就成了大盗
假使王冠戴在你的头上
你愿意自己的头颅
抱在一个盗墓贼的怀里吗

你在这里站住脚跟
那些新生的草也在缠住你的双脚
无论坟墓里掩埋了什么
土地上总要播种和生长麦子
麦田覆盖一切
多少帝王的头上
都顶着麦苗和杂草

你看看那盗墓者的身后
是不是跟着一支长长的队伍
他们有的没有头颅
有的没有双目
有的失去了肢体
有的只有双腿在走动
他们没有一个人仰望天空
他们是这个王国失去的人们
他们没有一个人被刻成雕像

塑造成身体完整的英雄

曾经多少岁月的尘土

一层一层将所有的伤口抚平

他们所有的名字

也已重新赋予新出生的孩子

不信你到网上查询

无论你叫曹操还是陶潜

你的名字并不陌生

你也是他们中的一个

你现在看到的就是你的前世

因为你就生长在这里

吃这里的粮食，喝这里的水

身体是这片土地的泥

然而你终要一次一次归来

无论你是盗贼，还是警察

是教书匠，还是裁缝

是一辆自行车，还是一棵芨芨草


此刻你站在我的身后

就像我的另一半身体

而在从前，也许有这样既看到前面

又能看到后面的生命


贼：


（他仰望星空

嘴唇翕动了几次）
啊，我的心蠢蠢欲动
地下的黄金珠宝是没有姓氏的
啊，欲火燃烧着我让我喉咙干渴
你要拉紧我些
让藤蔓缠绕更结实些
让我们嘶吼一声吧
吓走那个引诱者，那个窃贼


（两个人同时怪叫了一声
盗墓贼吓得惊慌逃走


（月光下的麦田
仍然虚蹈着残缺的人群
他们逐渐消失在远方的森林


（多么美好而残酷的夜晚
微风飒飒
这样的夜晚曾经有过多少
而只有此时
被两个人同时看见）


稻草人：


恐怖的嘶吼只能惊走恐惧的人
这麦田啊，多么美好，又多么荒唐

而你没有看见多日前
有个人在那鸦群聚集之处自杀
他白色的脂肪在太阳炙烤下
渗入泥土
乌鸦黑色的眼睛像磨亮的珠子
尖利的喙似乎要钉进骨头
它们之间争夺打斗
它们翅膀上的光也是黑色的
它们的羽毛纷纷扬扬
让灿烂的麦田蒙羞
那里就像世界的中心
充斥着失败的气息
和命运的黑色音符

感谢这场大雨
也要感谢盗墓者
挖掘开过去的光荣与罪恶
也掩埋冲洗了所有的痕迹
感谢你的到来
让我重新对这平原，对远处的山峦
和森林，对河流
充满信心
这样的夜晚不适合入睡
你要知道众神
也喜欢踏月而归

贼：

神在哪里？我从未见过
谁是神
你是否能一一指认
我知道在印度
每个人都有自己的神
而在这里，我不需要膜拜
我听说这黑夜
属于神鬼
人不可高声
人只可酣眠
不可与鬼怪争夺路途
不可与神明争夺灯盏


（他说完这句格言
觉得悟到了一些神秘的意义
疲惫地垂下头去）

稻草人：

未来的孩子们
像幼小的蝉蛹钻出土地
他们在泥水里打滚
互掷泥块
互掷苍耳子和狗尾草

他们拧断葵花的脸

淌着涎水的嘴巴

喊叫没有语言的声音

既是愤怒

也是快活

他们一出生

便介于神与人之间

以谵语和梦境往来其间

日夜相继没有疲惫

泥土颜色的皮肤

只要有光

便被照亮

他们生长太快

常常将灵魂丢在路上

我的母亲在六十岁时

成了女巫

她多次在夜间念出咒语

为失魂者招魂

"……

灵魂去千里

换回真魂来

天门开地门开

天下童儿送魂来……"

星月之下，大地空旷

只有树，无法阻挡南风熏染

被植物压抑的神们
正纷纷起身
他们戴着日月和斗笠
他们肩上点着灯盏
他们是护佑者也是索取者

那些早早被封为神的人
一直没有被推翻过
对于历史来说，对于时间来说
无所谓罪过，他们都曾经
为改变世界丧过命或杀过命
他们穿着彩色的衣裳
仿佛一棵一棵的向日葵
来到人间，享受烟火
比如关羽，始终扛着大刀
始终是个红脸汉子
讲义气，挂印封金
却被尊为财神爷，岂不荒唐
我思寻其中逻辑，大概讲义气的人
更容易发财，作为一个江湖社会
的潜规则，或事实的规律
土地爷，与土地奶奶
灶王爷，与灶王奶奶
财神爷，与财神奶奶
唯有关公，独自被敬奉，敬奉者
直接忽略了阴阳和合

——既是神，莫讲人道

你看那人，拖着大刀
疲惫不堪地穿过麦地
他涉水，爬坡，淹死了战马
撕裂的长袍沉重地拖曳
仿佛拖着半壁江山
他是谁，又不是谁
他的名字已经不再重要
我看见一个穿红袍的人正向我走来
他的一只手拎着算盘
无数的珠子乱跳
啪啪的声音火星飞溅

有一年我的父亲忘记从年集上
请回赵公明的新画像
没有将新年的供果摆在他的面前
那一年他的生意事事不顺
他反思了一年，苦闷了一年
第二年按时请了财神
上香，上贡果，放鞭炮
我知道他并不太信这一套
只是做做样子骗一下
一到夏天，那间供奉的小屋
又塞满了柴草

——哦，这位财神，你姓赵还是姓关
快快离开我的身前
我不会向你讨要铜板
你去那些商人的壁龛上
在那些贡果前面坐稳吧
他们为你上香说的话比蜂蜜还甜
哦，你也不要去我的身后
那个人有些胆怯
也不要让他做发财的美梦

财神：

金银对于土地连粪土都不如
我只是将那些硬物
随便抛撒
上面没有写着姓氏
也没锻有我的头像
连我自己也不知姓赵
还是姓关
我从来不照镜子
哪怕最平静的水
也无法看清我的容颜
人们也不会记得我是谁
我的金钱是如何得来
铸币时挖空山石
还是掰断了刀枪

铸币呀铸币
祝福那些铸币者永远活着
这样的人间多么欢喜

稻草人：

我有些惧怕，那个头戴王冠的人
是返回寻宝的盗墓贼吗
而为什么额中仅有一只大眼
为什么眼睛里闪着泪光
两只眼角如小溪流淌

为什么不住在山里
住在草里，住在石头上
同样会有弯月和星光
你张大嘴巴要说什么
我听不懂你从杂草般的嘴巴里
发出的声音
既不是猫头鹰的也不是
乌鸦的，倒像啄木鸟
发出单音节的凿击声
你的手指也是五个只不过
生满了羽毛
如果能飞，就不要回来
不要被我身体的火焰烧毁

我吃过一些烧死的鸟
它们被焚烧时没有一声鸣叫
你肯定走错了方向
似乎那座山，那片森林
才更适合你栖息


独眼人：


你是这世界独有的族类吗
前面的身体警惕着夜晚
后面的身体可以休息可以酣眠
你在这个世界为何没有灭绝
而我的族类只有藏匿于地下深处
在永恒的黑暗里寻找火焰
而你在这大地上
建成了自己一个小小的王国
你的王冠比我的更完整
你统治着地平线以上的生命


我们曾经一起作为遗民被抛弃
却彼此视作异类互相吞噬
你切不可在白日暴露行踪
无论你多么热爱那枚燃烧的星球
藏匿吧，藏匿吧，让我再次见到你
无论哪里，在夜晚也好
人类已经有了稳定的食谱

不过任何时候他们都会扮演猎杀者

稻草人：

他的话让我感到惊惧，不敢出声
统治？这个词语似乎早已经陈旧
我不是他想当然的那个人
我也不是灭亡他的那个人
而我是谁？我是我自己的国王吗
我的手里没有宝剑，也没有
做出过屠杀的决定
或者，我也是神
只不过我的身后沉睡着一个兄弟
他让我明白在我的身后有个同样的世界
我们是两扇门，打开或者关闭
是两面镜子，一面向左，一面向右
是一张纸，一面是抒情诗
另一面是古老的咒语
是嘴巴的上下嘴唇，他发出
一个音节，我发出另一个
今夜他像我的影子，我也像他的影子
我是他的脊背，他也是我的脊背

土地上的事物都是自由的
田鼠，刺猬，獾，野兔

生下来就在寻找食物
人也是这样，只不过更会索取
这成片的麦田是人的粮仓
人，时间的幸存者之一
无论这长久的时间经历了怎样的血腥
而对于自由的动物，它们的觅食
被人称为偷盗，它们
不知道在冒着生命的危险
它们的幸存对于土地，对于人而言
也许都是微不足道的

可怜的国王，可怜的你的半个王冠
就让我以灭绝者，和被灭绝者
以那个你认为的国王的名义
向你致敬，向你们寻找的火焰致敬
我以幸存者的名义请求你的宽恕
也许死亡才能让我重返天空，而土地
牢牢地将我囚禁，饥饿
是我的宿命，我的躯壳里
装满了沉重的身体
你看我即使不再进食也没有生出翅膀
（他晃了晃身体，几乎倾倒）
你看这麦田它似乎广大
我却担心一朝之间重新空空荡荡
那满天繁星

似乎是安慰，又像是召唤

我认出了你，国王啊
可我自己却无法看清自己
如果我是神
为何没有你的轻盈
你秉持的意义——

（稻草人陷入迷茫；独眼人没有告别，
　黯然离去）

贼：

我似乎来到了船上
鸽子在咕咕叫
莽撞的大象让船舷倾斜
蓝色的天空和大海
光明耀眼
流动的光，跳跃的光
让我无路可逃
好吧，我就安然地睡吧
它要漂往哪里
我的怀里又没有珠宝
不用担心抛落水里
让那盗墓贼提心吊胆吧

稻草人：

（他打起精神，为了
看清楚一个远处走来的人）
你是谁？你那么黑
虽然在黑夜
我也能看到你
你比黑夜更黑了几分
你是谁不重要
你去敲谁家的门我也不问
那个被你手指弹中脑门的人
不会是我吧
我好奇的是你的腰怎么一直也不弯曲
你是我看到过的腰板最直的
呵，你不是人，你是死神
我为你保密
你为保持这个世界的性别均衡
昨天你选中一个男人
是不是今夜就要带走一个女人
你也可以带走一只母兔
带走一只司晨的母鸡
或一朵雌性的花蕾

伙计啊，醒一醒
你看那人手里抓握一支大笔
兴高采烈跳过沟坎

他要去勾掉谁的名字
他左手的账本被风翻弄飞舞
你就不怕他来找你

—— 嘿，判官老哥
今天去河东还是河西
忙不忙，歇息歇息
（判官不作理会，兀自去了）

贼：

是不是你自己装神弄鬼瞎咋呼
吓唬我不让我入睡
在这个世界我睁开眼睛
才有畏惧
酣眠之中
我感到大地晃动
树木走来走去
却没听见任何脚步声

稻草人：

天快亮了，东方熹微
我感到你在瑟瑟发抖
你这个说大话的人
你一发抖似乎我也在发抖

这让我对自己感到一些羞耻
虽然我知道这没有必要
我只是见惯了这古老的黑夜里
来来往往的秘密

你看，一个人从土地下钻出来
走着走着
就破碎了
我甚至听见了
碎片落地的声音
听见水
嗞嗞渗透冒出气泡
一个从生到死的人
总要弄出些响动

你看大路上
一个撑着红伞的女人
朝村庄而去
谁又能阻止她呢
那血腥鬼要在鸡鸣之前
去引领一位难产的妇女
而那送子娘娘在前面走得匆忙
可怜那投胎转世之人
一出生便没了亲娘
他要终生面对荒芜
终生在这片土地上流浪

那个戴瓜皮小帽的老头
挑着纸灯笼
走路飞快，在空旷的麦田之上
迈着步子丈量
从东到西，从南到北
他不知疲倦
每天都这样量来量去
仿佛他一直搞不清他的辖区
纵横几何，或者担心
他的土地每天都在缩水

那脚踩云朵的可是观音
她的瓶中装的是谁的灵魂
还是蓄满了各处庙宇的
疾苦之音
像一场一场的雨

那位骑在马上的将军
指挥军卒将所有马鞭投入河水
而那条大河却一直在流淌
翻涌波浪
似乎壅塞着几个世纪的羽毛

那座塔，那棵不死草
总会有手掌托举

引来无数的赞叹
求生者在塔顶
放入一只不死的萤火虫
孤独者总在高处
萤火虫也不例外

更有那些在大地之上走来走去
互相穿越的魂魄
偶尔擦出磷火
根本无法分辨他们的身份
他们互相打着招呼似曾相识
或者彼此不作理会
有大腹便便者，有荷锄而行者
有峨冠博带者，有狰狞而厉者
这一场幻境多么嘈杂

你看有个宽袍大袖之人
正将一把火炬举过头顶
他细长的眼睛直视东方
对一切充耳不闻
朝拜者鸣叫着纷纷迎身而上
连睡眠中的蝉和小鸟都被惊醒
火焰在一寸寸增高
他要去点亮所有云朵的翅膀
点燃一把通天大火使世界沸腾

## 第四幕　小舞台

时间：清晨，上午

稻草人：

我听见镰刀与石头摩擦的声音

随着薄雾消散

沙沙声与麦田的晃动融为一体

犹如万籁之声

闪着黎明的白光

似乎天还没有亮

那些早起的人们已经准备好

解放的利器

炊烟松开了男人的绑绳

高处的麦嘶①开喉鸣叫

声音歇斯底里

是对夏季的到来充满恐惧

还是对末日预言表示怀疑

它们伏在绿阴深处

完成了一次抛弃与再生

只是这些事情不是通过经验和记忆

---

① 麦嘶，夏初小蝉，背亮蓝，鸣叫如丝细长。

每一个生命都是唯一
每一次诞生都是头一次
它可以大声喊叫
不顾及任何生命惊慌失措

贼：

醒来了，一场大梦
既有恐惧
也有在风中飘荡的轻松
蝙蝠撞上我的额头
我没有醒来
可是晨光悄悄明亮
若泉水向我体内渗透
夜里发生了什么
我都不知道，只要所有人
忘记了我的逃跑

好吧，朋友
你一夜没有消停在大喊大叫
你是不是刚刚入睡
我不敢惊扰你的小憩
不过我看见前面一大群乌鸦
在围绕麦田盘旋鸣叫
这可不是吉祥之兆

那些劫持者的黑头套
那些死神的黑眼圈
那些结着厚痂的血滴子
它们飞舞，就有人遭殃


稻草人：


举头三尺有神明
平原的神，白天回到树梢之上
回到息壤之下
他们也累了


被雨水浇淋过的麦田
一夜沉重地晃动
一夜的南风吹干金甲
清晨就发出干燥之声


不必惧怕那群乌鸦
那是它们在腐尸之处流连
雨水已经清理了
留存的罪恶，还有什么
也已被土地收纳
或者被蚂蚁搬运
或者增加了麦穗的分量

土地不是铁板一块
她随时容纳任何叛逆者和归来者

我眺望过
太阳升起前安静的生长
我眺望过
日落尽处疯狂的沉默
火车此刻穿行于阴阳交割的人间
一边燃烧
一边熄灭

大地的鬃毛被巨手轻抚
整片的麦田在成熟

旁白：

艳阳高照，公路上
突突地奔跑着
一辆红色的拖拉机
热烈的光，明亮的光
充满整个世界
云雀冲上了蓝天
长尾巴的蓝喜鹊
在高压线上呼朋引伴
所有的鸟在天空飞来飞去

如同节日里互串亲戚

大路上跑来六个女生
她们叽叽喳喳欢笑
穿着粉色的裙子
白色的上衣，黑色的鞋子
她们蹦跳着，一会儿
手拉在一起，一会儿又
两两跳在一起
她们要在麦田拍毕业照
她们唱着歌，似乎
要将所有的欢乐都唱出来
她们那么多的话
那么多欢快的声音
比小鸟还要多

学生们：

（合唱）
夏天夏天悄悄过去留下小秘密
压心底压心底不能告诉你
晚风吹过温暖我心底我又想起你
多甜蜜多甜蜜怎能忘记
不能忘记你把你写在日记里
不能忘记你心里想的还是你

浪漫的夏季还有浪漫的一个你

给我一个粉红的回忆

……

我终于看到

所有梦想都开花

追逐的年轻

歌声多嘹亮

我终于翱翔

用心凝望不害怕

哪里会有风

就飞多远吧

……

我是孙悟空，压在石头中

阿弥陀佛来个唐僧

救了我一命，护他去取经

东跑西颠乱抓妖精

收了白龙马，降住猪悟能

沙僧乖乖挑着担子行

过了一座山，拐了一个弯

悟空挥棒三打白骨精

紧箍咒一念，满眼冒金星

一个是老婆，一个是老翁

花枝招展那个是妖精

你是，你是，你是……

哈哈哈哈哈哈哈哈哈哈

旁白：

她们破壳而出
世界新鲜如初见
太阳炙烤下
她们头发上的蝴蝶结在飞
柳枝编制的遮阳帽
遮掩不住她们的青春

树的叶子是明亮的
路边的草是明亮的
牛角是明亮的
马的眼睛像镜子
见惯了即将到来的丰收
空气中没有尘埃滞留
整片麦田一夜间由绿转黄
这大地的魔毯
飞了一夜
重新铺展

女孩们扭动腰肢
她们的小腿踩着柔韧的道路
她们张开手臂
要把一切拥入怀中

然而什么也不是她们想要的
似乎只有光和歌声
就足够跟上舞步

她们是一个快乐而癫狂的集体
只有集体舞
才会放射出力量的控制欲
六个人
同时绷着肌腱和声带

没有未知数
在互相拉紧的手臂上
没有怀疑和追问
因季节而产生
只在此刻
麦田里的所有人
除了晃动，禁止发声
所有人被她们的欢快吸引
早晨的阳光更加明亮

助手：

没有光的时候我创造光
没有花瓣的时候我创造花瓣
没有树的时候我创造飞鸟

没有幸福的时候我创造微笑

摄影师：

通透的光线，干净的麦田
正如新人成熟的初恋
喜鹊在树上翘着尾巴
彩色的蝴蝶不知疲倦
农民们远远地望着
牛羊远远地望着
他们压抑着快乐的冲动
内心一遍遍
咀嚼好奇和幸福

穿白色婚纱的新娘子
和穿黑色礼服的小伙子
赶上了好天气
天空越来越蓝，仿佛一场雨水
汇成了高处的大海
白云浮动，不停变幻
鲸鱼跃起，骆驼奔跑
上帝的面庞似乎也隐藏其中

姑娘颤抖的睫毛挂着露水
这样的幸福谁都能够体会

她妖娆的身姿在麦田中行走
微风吹拂，红色丝带一次次飘扬起来
她的腮上新鲜的胭脂有蜜桃的香气
蝴蝶起伏在她的身边，意图
在她的绮罗上栖落
三五只蜻蜓擦着麦芒飞来飞去
像偷窥者，鼓着复眼从每个角度
好奇地围观

仿佛起身的精灵
仿佛她就是世间的神
在盛装迎接丰收
那些走在路上的羊群
那个放羊的老者
手握镰刀的农妇
头戴斗笠的老汉
突突冒烟的拖拉机
忽然息声不再吵闹的六个孩子
还有那尊荒蛮的十字藤架
以及阳光斜照下的万亩麦田
在她的面前，土地上的所有事物啊
都在行注目之礼
我定格一个又一个瞬间
她的所经之处，她的手指
划过每个金黄的麦穗

她白皙的额头扬起
阳光恰好将祝福吻在那里
她的目光展露
或微合之时，她的鼻翼
与微风一起喘息
她遥望远方
似乎一切都是已知的边界
她凝望另一双眼睛
从那里看到另一个自己

而他多像我自己的青涩时代
我从不同的他看到自己不同的
表情，不同的姿态
脚步，笨拙的笑
一双接近女神的手臂
我为他们调整姿势和位置
就像亲身体验了又一次爱情
而神话
也许就是从第三者中产生

嫉妒
爱
与疯狂
与放纵

世界原初如此
无法分辨什么是理性
什么是虚幻
人们乞求的恰是欲望
未能满足的一部分
那一部分也许无比重要
但它并未掌握在谁的手里
无论献上多少赞美之词
无论许下多少誓言
也不如—— 爱
让你得到最大的满足

有爱就够了
世界就是完满的
在我的镜头里
都是这样的爱
我是所有新娘和新郎的伙伴
我爱着他们
也爱着我自己

新娘：

两个顽皮的孩子
将彩色纸屑抛撒空中
纷纷扬扬的瞬间

我感到天地之间的幸福
身体依靠在稻草人的手臂上
它的身上开满了喇叭花
我感到了一种气息和温度
它头上的鸟巢正有小鸟鸣叫
我们似乎紧贴着一扇门
来到一个世界的尽头

也许幸福是自己给予自己的
是我自己内心的感受
是我自己身体的悸动
即使这样，我仍然期待
你能始终爱我
这个世界始终如此
啊，这个可爱的稻草人
始终在这片麦田里可不要逃跑

（新娘和新郎在稻草人身边
摆出各种销魂的姿势
秀着虚拟的或真实的恩爱
穿越生活，抵达未来
对于摄影师和一对新人
这样的道具无疑是个惊喜

（少女们也发现了这个奇迹
她们纷纷跑过来与稻草人拍照留影

事后一定有个孩子发现了秘密
她分享在微信群里的照片
有人看到了草藤深处一双张大的眼睛


（一只花冠野鸡，抖起锦缎般的翅膀
惊飞而起
两个农民举着农具
呼喝着追赶而去）

新郎：

我的童年就这样结束了吗
还有我的少年，还有我孤独的夜晚
我的青春痘被脂粉覆盖
太平盛世隐藏了荷尔蒙的冲动


我是一个完整的人了
四肢健壮，头型方正
牙齿可以撕裂肌肉
咽喉必能吞咽块垒
我的衣服不用再增加尺寸
我的模样在身份证上凝固
我要是她的一堵挡风雨的墙
只是不要怀疑我限制了她的自由
你们看她憧憬美好又将美好
视作这个世界本来的存在

你们看我微笑着大笑着憨笑着
揣度幸福应该有的宽度

美丽活泼的少女们叽叽喳喳
惊起鹌鹑搬家云雀高飞
她们嬉笑的声音偶尔让我分神
她们从校园里跑出来
像一群相互追逐的彩色风筝

——啊，那是谁，拾荒者，还是流浪汉
她为什么也闯进了麦田

（一个满脸污垢的女子闯进麦田
头上插满鲜艳的花朵。）

新娘：

亲爱的，那个人让我惊慌
她直接向我们走来为了什么
为了索要钱币还是打听一个方向
或者我们身后是她安身的地方

稻草人：

她是谁，满头花朵，却没有一只蜜蜂跟随

她为什么来到这里因为今天的热闹还是
本来就迷失了方向？她傻傻的
望着一对新人痴笑，涎水像一根蜘蛛的丝线
从唇角垂落，那烈焰红唇
是她自己涂抹的吗，还是鲜血流出了内心


贼：


这个姑娘，犯了花痴还是为了什么
被赶出家门，她身上的衣服
已经破烂不堪，比你穿的还要斑斓
为何流落到这个地步，在灯红酒绿的地方
只要扭动腰肢就能好好活着
难道谁伤害了她，不可能因为
一部手机被偷就变成这样
我们能给她些什么吗，可是我们有什么
在她的面前我感到惭愧


助手：


走吧姑娘，去找你的如意郎君
大路上走着的人中必有一个
他开着小汽车正在寻找你
趁着他没有后悔和失望赶快追上去

（姑娘从容地穿越麦田

脸上的微笑被污垢遮蔽

她忽然扯掉了破烂的上衣

继而撕掉了破烂的裙子

她的身体完全暴露在阳光之下

蜜色的皮肤健康灿烂

高耸的乳峰像一道闪电

她穿过麦田走上大路

斑驳的树影仿若一双双

意欲遮掩或捕捉的手

孩子们惊叫着遮住自己的双眼

收割机上的男人忘记了机器

呆坐在上面瞪大了眼睛

中年农妇奔跑着追赶她

手里举着一件黑色的外套

她像一个运动员，像一头

游出水面的鲸鱼

像一匹充满自信的枣红马

（她向远处走去，偶尔挥动两下胳膊

似乎比刚才变得快乐

没有谁能阻挡

所有的人，似乎都发出了一声惊叫）

## 第五幕　麦客

时间：午后，热

旁　白：

暴热、干燥的午后，收割机驶进麦田
农民的喧嚷，机器的轰鸣
麦田里隐匿的各种动物
都被这样的喧嚣惊动

每一株小麦，像扑克牌上的国王
安静地手握箭镞
敌人不会从天而降，阳光已经
将每一根芒刺削尖
布谷鸟面对翅膀下的麦田惊慌失措
快速地飞越，没有任何犹豫和停留
百万甲兵，紧紧靠在一起
一阵风，却不能让整个麦田骚动
日出，原来是最后一次日出
日落，原来是最后一次日落
他们目不转睛盯着这个世界
等待着巨人的脚步，每一次收割
都仿佛亲切的拥抱，然而

暴躁的收割机正在麦田边鼓动起
冲天的噪音，尘烟已经高过树梢
飞转的齿轮
互相驱赶黑色的金属，橡胶皮带
拉紧了农民松懈的骨头
铁与铁之间，磨砺出弯刀之弧

农民男：

（胡子拉碴，一只手举着钱
一只手拍打着收割机）
割我这块麦子吧
干热风揭了我身上的皮肉
早就喝干了土地的水分
这麦田哗哗响起来
就像钱币在乱跳
你看看吧，我已经守着
这台收割机睡了两天了
比你还要热爱它
我都成了它身上的一块铁

农民女：

（中年农妇，指着麦客）
你个混账家伙

看不见我的麦子已经干透

焦黄的焦黄的

像你媳妇的屁股

快把机器开上来收割

用你的快刀

让这些嘈杂的声音闭嘴

不管它们来自哪里


麦客:


我听不清你们乱叫

你们的表情都很生动

我明白你们急迫的心情

"六月的天,孩子的脸"

说不定暴雨已从海面动身

乌云翻滚一路掠夺

让农民们急得尿裤子啊

这无边的麦田啊也是我的命

就从脚下开始吧

麦子都是一样的

我一刻也不能耽误

快躲开吧,小心呀

收割机削掉你的命根


(收割机在麦田奔跑,尘土飞扬)

稻草人：

（嚎叫，意欲挣脱束缚）
你这个野蛮的外乡人
赶着你的铁虫子滚蛋吧
浑身铁牙哆哆嗦嗦的东西
从哪里来，回哪里去
我不会可怜你因为你肮脏的混乱的胡子和头发
油腔滑调的家伙呀
你要重视我的警告和忍耐
快用你愚蠢的手关掉这台机器
我听够了它的喧闹和折腾
它如果在奔跑中不会散架
就一直往北方奔跑吧
滚出我的领地，我的士兵们
已经准备好兵刃
小心你的脖子，你眯缝的小眼睛

麦客：

我听到了你在说话
原来你是棵能发出声音的树
你摇摇晃晃挡在前面
身上却一棵麦穗也没有生长
这机器就是我的长腿和银行

比起木匠和铁匠这算不上手艺
但比起割麦子的小镰刀——
那像女人绣花般的收割
这些锋利的铡刀片上下挥舞更加快意
比刮胡子还爽

稻草人：

这麦田，这金黄
我守了很久，也许四百年
也许一个朝代
这里是唯一干净的地方
唯一纯粹的地方
不要毁坏呀！我不要废墟
废墟怎会是我的故乡

麦客：

看看你吧
不像神像却说出这样的荒唐话
我想检查下你的舌头
是不是木头做的

你是个勇敢的家伙
不过并不能掩盖你的荒谬
你看看我裸露的肩膀

看看太阳送给我的绽开的皮肉
我的劳作比谁都多
你不要以为用堆乱草打扮自己
就可以扮演哲人
修饰自己的逃避和懦弱
像我这样才是战斗
我更像前朝的士兵只不过换了兵器

而你作为一个将军或君王
以柳条为冠
以死蛇做指挥棒
你的兵卒正被我收割

稻草人：

不，我不是什么国王也不是
你想象的哲人，更不是
无法兑现祈祷的神
我是一个人，一个男人
是的，也许我还是一个男人
我从推倒的瓦砾中钻出来
机器的轰鸣让我失聪
成千上万冷漠的眼睛让我失明
而这里我多么熟悉
我的母亲，我的父亲，我的祖父

我的曾祖

他们就在这里长眠

他们喊过我的名字，为我掌灯

他们比神更亲切

他们就在麦田深处，因此

请你不要以这种粗野的方式践踏


麦客：


哈，这就是人

在你们懦弱时

你们需要把一个勇敢的人神化

而你们

无法承受灾难和痛苦

寻找另一种幸福

不会比脱离当下的迷茫

更迫切

而回到这里又能说明什么呢


神像被推倒

另一个神像又被从石头里凿出来

懦弱从没有改变你盲目的愚蠢


而你既不是英雄

也不会成为空荡荡的荒野里

正在腐烂的神像

正如石头终究仍然是石头

木头仍然会是碎屑

你似乎已经成为火，成为牙齿

撕咬的声音

何必急于打扮成一个神像

佛龛都在农民的油灯后隐藏

让你的心空出来吧

在没有准备好之前

除了这一句忠告不要接受任何馈赠

你或许是个善良的乞丐

你像个傻蛋站在这里

我不会因为摸到你破烂的袖子

而痛哭流涕

你在这个现实的世界是无罪的

我可管不了你身后那个人

他怎么办？让他多想一想吧

想一想也是赎罪

你在替我受过吗还是替别人

得到了谁的同意

每个人都在呼呼大睡时

你看到星光得到启示

跟他们在梦里遇见亲人还不是一回事

不管你们是谁雇佣的刺客
还是多管闲事无聊的人
我不会伤害你们，你们不是麦子

贼：

我要逃了，我要逃了
麦田收割
我就要暴露在光天化日之下

啊，尘土
啊，噪音
啊，飞溅的麦穗
枪林弹雨
朋友，我要逃了

稻草人：

说逃的人不都是懦夫
可是此刻你是
你去吧，远远地逃，不要再回来

（贼连滚带爬逃往远处的森林）

## 第六幕　开裂

稻草人：

瓢虫匆忙地在我手臂上爬行
蜘蛛待在原处不再结网
小鸟们飞到了树上
我的手臂忽然感到轻了
我的身体空空荡荡灌满了无所顾忌的风

谁脱光了我的衣裳
我感到世界忽然清凉
风在我的腋窝钻来钻去
麦田黯淡
收割机越来越远
它嘶哑着声音仍彻夜不眠
而我被绑缚于此
如同一个皓首囚徒

枭号从树顶传来
在伸展的土地之上回荡
空空的田野仿佛所有的方向
都可以成为道路
我要迈出左脚还是右脚

我要拔出多少根须
当它们断裂，必会发出背叛的声响

寂静，我听到寂静
麦子没了
人们也走光了，回家了

而我的家在哪里
我似乎忘了
我对方向失去了判断
就像狗的鼻尖失去了嗅觉

家，我们都知道有那样一个地方
那个可以寄身的所在
在土地上的几面墙
在土地上的火和灯光
母亲和父亲
但对于我，家
已经不存在
我流栖于不同的城市
父母亲离世之后家成了一个概念
一棵枣树和一棵石榴树
摇曳着我的乡愁
月光作为一种假设存在
太阳日复一日雕刻着
这个世界的轮廓

各种事物的表面都被暗影包裹
镂蚀，吹拂
冻结，曝晒
以这种方式诠释童年

你看吧，麦田复归荒凉
但是我感到
青草在长
玉米尖尖的叶片
正顶开泥土

贼：

还有我，我在这里
我无处可去
我有家
每个人都应该有家
但是我不能回去

稻草人：

你回来了，好吧
其实你可以逃得更远
不用遵循来路和去路
不过，我还是要收回
对你的指责和嘲讽

那只是我一时的激动

贼：

土地，黄色或黑色
是我的皮肉
这些向上生长的麦穗
是从我的眼睛中生长出的阳光
每一年
我有一次光明
也同样有一次黑暗
我在黑暗的深处
在水流的源头
耸动着喉结
我在哪里，还不都一样
也许我的恐惧需要更多夜晚抚平

稻草人：

你说夜晚，是的，我也喜欢
夜晚，深蓝色的天空
隐藏了星星
那些高飞的翅膀掉进了陷阱
没有巨钩不在雨季生锈
没有谎言可以验证真理
而我知道

那些星星依然在闪烁
那些翅膀依然在奋力飞翔

麦地交出春天以及春天后
夜晚的秘密，所有秘密
干燥的嘴唇
说出相同的呓语
无人记录这些神秘的符号
无人以能动的方式
破译经由麦芒之锐刺破的
水，空气
与尘埃

乌鸦沉睡枝间
回到笼中的鹦鹉在沉默
它满足于夜晚
忽然降落的一场雨
树上的叶片发出喧哗之声
此刻的寂寞
多么微不足道

小的时候我对抗父亲
长大了似乎我与整个世界为敌
我没有故意对抗谁，我怀有
与生俱来的恐惧
我胆小怕事，却不惧权威

我没有我自己，事实上
包括我的身体和思想
他们只是在体验到快感时
偶尔属于我
我羡慕那些高声大嗓的人
羡慕胖子，羡慕果断的决策者
似乎他们已经完成了
自我的剥离与圆满

而我自己
仍然站在自己的领土上
它的欲望，它的禁锢
它的合理或者不合理的部分
枉自生长或已被他人入侵
我不是在毁灭自己
也不是在表演自封为王的笑话
我没有王冠，也没有腐朽和衰老
这里依然有我的空气和食物
有正在成长的生命
我渴望一个年轻的灵魂
向我打开悬崖
像蝙蝠那样的黑，或者
像狐狸那样的红

大地深处传来阵阵颤抖
我的平原已经干瘪

大地啊，也许再也无力生长小麦
将原始的醇香传遍村庄
我的麦田，也许会是最后一块黄金

光膀子的父亲像麦田里的蚂蚁
在麦垄间衰老，随手拔掉疯长的荒草
就像打发掉一日又一日的炽热
不担心土地为此荒凉
他要给干旱的土地一个交代
给站在远处的炊烟一个诺言
农具在屋檐下糟朽
长长的锄柄拖拉着季节的施舍

而收割后的麦田，如同被摘去心脏的胸膛
大地空空荡荡，明月尚未圆满
大地安静，而天空沸腾
当国境线之外的敌人在丛林隐去
雨水即将鞭打大地，带着愤怒
无知，带着自我羞辱的蛮荒
与放逐生灵的虚伪证词
生存，是多么卑微的欲望
小虫子们蛰伏，兔子们进了深洞
蛇在坟墓里盘踞，马匹和耕牛
嗅到植物蔓延，翻动土地的气息
——我多么爱这土地，这麦田

我对这个世界感到惭愧。对不起
我骗了你，我说过
要做一个素食主义者
可是我违背了承诺
将一座牧场关进了肉身
我并没有像羊一样
仅仅吃那些开花的或者不开花的草
而那远方的羊群与开紫花的苜蓿为伴
它们在起伏不定的茅草和雨水洗净的雏菊
之间行走，年年生长
我吃掉了，和想象吃掉了
成吨的鸡鸭与牛羊
甚至牧场和湿地之上迁徙的大雁与天鹅
它们的羽毛可以铺成一场大雪
它们的骨头可以堵塞所有的河流
我更愧对它们的翅膀
我吃掉它们，自己从来也不曾长出一双
对不起，世界，我不是暴君
只是很渺小的一个人
我的胃不停发出对肉类的渴望而不是要屠杀
是烹饪者煮熟了血腥的夜晚
让一匹食肉动物感到世界如此美好
让咀嚼和吞咽没有呼救之声

哦，我不是在忏悔，世界啊
只是在你的目光之下撒了谎，我说对不起

也并没有要改正什么的意思，更不愿领受责罚
我无法再说出那样的话
那个承诺，充满虚伪和阴谋狡诈
即使你说那是肮脏的，不洁的，可是
为什么血腥会被掩饰得那么美妙
肉体的香味里没有号叫，也没有恶臭
为什么刽子手的双手不会产生溶蚀般的剧痛

对不起，世界，我不是说
你纵容或掩饰了残酷
也许在你的眼里整个人间就是黑白色的
据说，狗的眼睛
看到的人间就是如此
大地上呈现的事物只是由一为二
由二为一
你也就无法理解如我这样的贪婪
和无法救赎的悲伤

贼：

你在回忆过去吗
我没有看到这麦田安装了冰箱和空调
也没有看到这麦田建筑了玻璃幕墙
麦田就是麦田，这才是麦田
可是我看到一个老人
在收割后的麦田里捡拾

以金属或陶瓷为基材烧制的像章
它被扫进粪坑或猪圈
它又被运到土地上
他不停地说话
对什么事情感到不满
他的观察仿佛生长复眼的昆虫
在一朵雪花上
会看到巨大的冰山
他让我感到烦躁
我压抑着愤怒扭过头看远处的风景
看路上的行人
看玻璃上的尘土

与我无关的事物
为什么这么多
我置身其中，又不能为我所有
其实我看到的与我何干呢
我的内心根本装不下更多

我一边攫取
一边丢弃
就像丢掉的二十多年
仿佛一直在调戏时间

我曾经坐在
一座废弃的花园边上

它被人围挡起来

改成了医院的太平间

将半个城市吹落的生命

存储在这里

而在外面的围墙上

描绘着一座辉煌的楼盘

靓丽的模特

微笑着露出四颗白色的牙齿


它还是一座花园

只不过允许一些人睡在那里

那棵高大的法桐树

一直在那里

似乎更加浓密

而太阳，像颗金光闪闪的卵子

落进高楼间城市的裤裆

水泥房子将更多不相干的人圈在一起

互相敷衍，敲诈

厮混与消磨


稻草人：


我太轻了，我要飞起来了

也许我就是那个老人要捡拾的

也许这块土地上真的有神灵，为一切开始

也为一切终结钉上木钉

他会撒一泡尿催促草木生长

也会放一把火让一切明亮

生长吧生长吧绿色的家伙们

我的伙计们，我呼吸里的颗粒和流星

你们变成妖怪变成山冈，以手臂和肚皮承接我的滑翔

生长吧生长吧为自己接上透明的玻璃骨骼

饮进河流如芦苇那样把水运往高处

不要掩盖那些声音那些狂妄的思想

越过蜘蛛网，他们肥大的哲学，摇摇欲坠

生长啊生长，从外省的海边为我的梦想遮阴吧

在废弃的正在腐烂的旧船在风暴之后饿死的银鱼之侧，

　　拉长日光的丝线……


做个流汗的健壮女人，椰汁一样灌满乳房

干瘪的女人啊，在夜里翻身爬起

你离土地最近，你要把我紧紧搂在怀里……


贼：


你在哭泣？什么让你忽然悲伤

你这个决绝的人，你是谁

你过去是个怎样的人

现在又是怎样的人

我听见你的声音，你的沉重与轻松

你的沉默与怒吼

你在世间丢失了什么

还是一直在寻找

你除了这一具臭烘烘的躯体

真的一无所有？

都说爱能治愈一个人

有人爱你吗，你爱过谁吗

而我有一个情人

住在一个小巷子里

当我困难的时候就想一想她雪白的大腿


稻草人：


你走吧，陌生人

回去找你的情人吧

这里不是你的

也不再是我的

空空荡荡的大地上游荡的全是

未曾安息的灵魂

我爱过的依然会爱

恨过的依然会恨

烙印就像皱纹一样堆积在我心里

无法改变的事情太多了

这骚动而又寂静的大地

仿佛绝境

仿佛一只巨大的手掌

这就是我的故乡

这片土地也曾经是祖先们的废墟

然而我无法拍打家门

我回来了，可是我想住在麦壳里

虫洞里，我想住在

我自己的身体里

这些草这些花枝这些破布

我也厌了

麦田是我的怀抱，忽然消失

土地是我的墙，它横亘在那里


趁着夜色，我们离开吧

去哪里不重要


贼：


我喜欢夜晚

在夜间干一些神秘的事

白天不能做

或没有时间去做的事

夜晚更真实，而太阳下

未必全是真相

你看这整个平原

多像一块巨大的抹布

它产生了怎样的神和神话
让人生变得简单
我们的美好停止在少年时代的幻想里
如今我们
已在虚无之间
可以说每个人都是失败的
包括你和我

我要做你的背影，你在这里
我就在这里
做你的另一面
我克服了惧怕
但我还没有克服孤独

公共汽车在公路上奔跑
高铁列车收集白天做梦的人们
并带他们迅速地从一个地址
切换到另一种方言之地
不过方言正在消失
在有些地方
只剩个别字词
藏在不太灵敏的舌头后面

我倒是更想知道
是什么语言培养了你的灵魂

当你的灵魂思考和搏斗
用的是不是火星文


稻草人：


我不能够回答你，也难以回答自己
我的脖子因仰望而僵直
酸痛感发生，又消失
消失，而又不断发生
星光因不可捉摸
散发出的光芒不断变幻


你要知道，我的灵魂
不在我的身体里
它不是隐藏在暗处的恶瘤
也未安置在纷乱的头发中
未在我被风一遍遍吹疼的额头后面
也不在百会穴旁的头旋里
虽然我说出了过多的话
有谎言也有愤怒
它也不在我的颌骨处发出脆响
我的灵魂或许
接近于麦田在夜晚的光芒
一些蓝色幽灵般的火苗
而不带有令人窒息的甲烷气体

特有的气味

而我的背影
我自己从来没有看到过
我的手摸到过后背的痦子
我知道我的后背比我的前面
更陌生
我的另一面是什么
是你吗？一个逃犯？一个贼？
我把自己绑缚在这里
我救我自己，我有怎样的罪过？
我的罪过难道是一切的逃避？

贼：

你想得太多，我只是
以你为幌子为遮蔽
警察发现不了你
也一定发现不了我
而你不要以为这样只有我获利
我挡住了你后面的风雨
你后面的黑暗
我为你看到后面的风景
看到另一面的危险
我可以为你说出谎言

可以替你承受另一面的尴尬和荒谬
我是你的半个身体


稻草人：


振振有词呀，你。一个逃犯

啊，不

我不该再这样讽刺你

如果没有追赶

就不再有逃亡

你是一个诡辩的天才

你可否变化为蝴蝶

以我灵魂的一部分

飞越荆棘与山坡

可否深入那神秘的地宫

探视死亡者的面容

揭开让我时刻恐慌的谜底

多少水呀，将星光

载入深隙

汩汩不停

如巨口吞咽

你去吧，不必缚在我的背后

那细弱的柳枝上

那十字架随时会折断

尖锐的骨殖

刺伤你冰凉的肉体
你这样做，让我更加沉重

贼：

哈哈，你的高傲令我不齿
如果不是因为逃亡
我宁愿做一条蛇
光滑地贴在地面上

（他抱紧了自己
似乎感到凉意
声音也弱了下来）
不瞒你说，事实上
我喜欢这里
我喜欢这空旷
我喜欢一望无边
没有任何事物可以隐藏在暗处
我愿意在这里睡得安详
野兔不用再乱跑
小鸟不要再惊慌
我在这里拘留自己十日
总比在笼子里自由
（说完，他睡意昏沉
打起呼噜。或许在假寐）

稻草人：


他是另一个我吗

或许他更应该在这里

我更应该逃亡

他沉沉睡去

绑缚已经令他麻木

我身上那些杂草那些破布

却纷纷脱落


我的身体每块骨头都在疼痛

发出呻吟与脆响

我的腿脚似乎已经深入地下

我听见无数根须在断裂着撕扯与分离

我还有力量向上拔出自己

天空没有绳索垂下来供我借力

在虚空之间只有风

此刻的麦田仿佛四处的围栏已经拆除

只余下掉进陷阱里的动物

我的胸腔发出嘶鸣

恰好回应着远方疾驰的列车

整个平原在轻轻晃动

我的双脚已经离开土地我的头颅

垂向星空

我不敢挥动双臂

不敢获得飞翔的加速

没有铁，没有碎瓷片，没有羽毛

没有塑料袋，没有

烧焦的布匹

我以我自己，我的皮肤，我的眼睑

我的四肢，我的虚脱的生殖器

作为引领

我像野兔一样

眼睛里装满炭火

却不能像野兔一般咀嚼

以生殖与繁衍

对抗命运

挖通蚁穴与狼獾之所

举办一场危险的地下派对


麦地的边界在哪里

这是前面，还是后面

神会逃亡吗？似乎

在每种传说里

他们都合理地存在

当我离开这处居所

会不会生长翅膀

可是无论怎样，我知道

根本没有操纵世间的所谓神明

神是人的智慧
也是人的庸俗和愚昧
而我的神，仅仅是我的灵魂

我躺下吧，就躺一会儿
多久没有这样躺下
土地是温热的
却是旋转的
正在改变秩序
我的手里抓住一棵草
我的身体在漂移
啊，我头顶的星空
也在旋转
月牙像一把镰刀在收割星光
蝙蝠穿越树梢纷纷逃离
夜鸟挣扎着拍打翅膀
我要下坠到哪里
是向下，还是向上
是深渊还是天堂
曾经我睁大眼睛端详夜晚的一切
夜晚的罪恶是一种智慧的罪恶
而罪恶却并不属于夜晚
夜晚只是单纯的黑暗

我真的想闭上眼睛

也许就这样死亡

土地竖在我的背后
所有倒下去的人都在这里喃喃低语
这是我的绝境还是开始
我感到了土地对我的承托
柔软的草抚摸我的肩膀
坚硬的土块顶着我的脊骨
啊，是所有锈蚀的武器
所有洁白的骨头，铺在下面
仿佛雀鸟的巢穴
要哄我酣眠
我必须站起来，必须
行走，打开自己没有羽毛的翅膀

……

我走出了麦田
摇摇晃晃的村庄蹲伏在大地上
而我跌跌撞撞如同一个
寻找返乡之路的伤兵，一个幸存者
我举起一只手
仿佛举着镜子或月亮
仿佛举起我张开的嘴巴
我要呼喊什么
是哪个村庄的名字

还是哪位亲人的称谓

我是一个哑巴
忽然丧失了语言能力
哪个词语与喉咙粘连
哪个词语可以将心里的念头转换
我看见雪白的羊群在村口
晨雾般涌动，我看见
头羊的尖角
和它骄傲的神情

贼：

你在麦垄之间跳跃
像只兔子在惊慌中走远
你的脚踩着金黄而衰败的麦茬
大地隐现出铁色
像天空投下来的暗影
快一点跳，兔子
秩序总在速度之中打乱
你左边的鞋子与
右边的鞋子互相追逐
一个影子在追另一个影子
它们如此相像又彼此
反对，它们相伴而生

相随而行
各自打磨怀中利刃
它们一起成为红色的拖拉机手
一起变成绿色的烟雾
它们之间的默契
没有任何事物可比

他消失了，越走越远
他的身体终于被暗夜遮蔽
夜，也将消失在白天
他走在一条什么路上
并不重要

如果是白天他赤裸着身体
一定会遭到孩子们的石子攻击
他不会有那个裸体女人的幸运
而在夜晚
他就像一匹觅食动物
或许会遇上另一匹动物
或许遇上一个好心人

多么安静的夜晚
千金难买一酣眠
我要好好睡一觉做个好梦
夜晚是属于我自己的

明天也属于我


## 尾　声

*旁白：*

谁也没有移动这个曾经的稻草人
没有人拔出
也没有人当成火把点燃
没有麦田的土地
村庄习惯沉睡
夜晚的呼噜之声起于森林
没入河流
雨季到来了
那两根木头从手臂和头顶
生出枝叶
像聆听天籁的耳朵
当我的耳朵闭塞
当他的耳朵也闭塞
手指缝和肩胛骨
沿着雨季的黑夜伸展出抚摸的风

他死去了吗
没有人再追踪而至

他不值得印刷

一张纸质的通缉令

他把骨架悬挂在木头上

他把自己的衣领

挂在高处

如同一次错误的示众

谷穗在摇晃

玉米正在漫过他的头顶

獾从深谷里爬出来

灰雀缓慢地张开翅膀

大地在升高

一场绿色的汪洋

正将他覆盖

# 第六章　我在

这无穷的空间的永恒的静使我悚栗。

——［法国］帕斯卡尔

# 1

村庄隐藏在白杨林后面
在满是棘刺的枣树和生病的榆树之间
一些花朵已经委身尘土
但香气依然在随风飘荡

生柴燃起炊烟
神灵们在早起者的喘息间
落上枝枝杈杈
布谷在飞行中鸣叫，看不见踪影
啄木鸟执拗地寻找木头里的虫子
黄嘴麻雀刚刚学会飞行，叫声胆怯
清凉河薄纱般的雾霭缓慢流淌

潮湿的空气刚刚被安静的夜晚过滤
乡亲们推动木制的门枢，吱嘎作响
他们巨人一般张大鼻孔
牵引牲畜在村庄走动，又
缩身为精灵进入田野
他们恭敬每一个神，但只在
特定的日子张灯结彩请神入位
或者在他们无法接受这个世界给予的
苦难时，才呼天抢地，大声诉说

整个村庄的铁锅都被烧红
整个村庄的主妇都在忙碌
金属勺子刮擦着铁锅
竹制筷子敲打着瓷碗
所有的嘴巴发出呼噜之声
草帽扔在屋门口，镰刀
插在墙缝里像悬挂了一把乐器
驴在发情高叫，猪在圈里拱来拱去
一个喝粥的早晨，几乎每个人都在内心
体会到了一点幸福


## 2

村庄的中间是一条道路
一个方向通往城市
另一个方向通往没有墓碑的坟场
死去的人在地下脱尽凡胎
所有遮蔽之物终于朽烂
每个村庄都有一个人能够看到
来往于此世与彼世的天使
携带着欢喜或悲戚

来来去去的
汽车，摩托车，自行车和行走的人

忧心忡忡的尘土中的人

红光满面意气风发的人

村庄里仍然有女人踞守在路口眺望

她们是操外地口音的被拐卖者

秘密的妓女，流水线上的租户

眼角发炎红肿的寡妇

颤抖着双手，向天空

索取生命的老女人

以及哺乳期的年轻母亲

她解开衣衫，嗷嗷待哺的新生命

刷新了关于羞耻的理解

她敞开的

是女人的胸怀


3


天似穹窿，向上的欲望

分割和支撑这巨大的帐篷

18岁的人间荷尔蒙

比血液更浓稠更冲动

天际线上演着战争

激光照射夜间的飞行器

巨大的轰鸣构成地球的立方体

混音房里的歌唱与对白

只是一枚尖利的针

偶尔刺破玫瑰的神经线

美女，金钱，远方的风景
贴满逼仄的阁楼
黑夜碾成薄片灌满沥青
细密的纹路中堆积压抑的歌声
读一行垂直的诗
饮一杯掺杂了盐果汁香精威士忌的酒
塑料、橡胶、玻璃、铝合金
包裹起牙齿、鼻梁
脖颈、肩膀、四肢以及躯体
从爱情开始，到爱情终结
反复成为碎片
反复熔炼，靓丽

风情万种的锋利的招牌割伤了
小伙子的手指
樱桃小口含住舌尖
手掌心拍死一只蚊子
创可贴惦念一张大饼
段子手比刽子手挣的钱多
一苇渡江的武林高手
梅花桩上鹤舞上下的帮会教头
雾霾在肌腱沉淀
天下第一需要操盘手设计几个特技动作
和一帮两肋插刀的弟兄

有时想离开，去看一场风花雪月
不整齐的牙齿，参差的日子
顿足捶胸的老人折断了弓箭销声匿迹
卖荸荠的人指缝里满是黑泥
沿街叫卖臭豆腐的人憋着一泡屎
快递小哥车子上插一支小彩旗
奔走在护镖路上

没有门，有门
如果这样纠结就没有可能的通道
列车滑行无阻，风吹来吹去
半空飞扬的垃圾袋
给所有裸露的头裹上围巾
各种各样的商标印着拗口的字词
中文被曲解，洋文被打乱顺序
动物与天使占有相同的航线
它们降落，钩挂在高大的国槐与枣树上
仿佛几个杀马特在村口徘徊


4


"你以为你宽容了，其实
你把痛苦和失望埋得更深"
我在同所有陆续到来的和曾经相遇的事物妥协
生锈的旧自行车一点一点变成粉末，变形金刚

也会这样，它们缩小成客厅里的玩具
掀开的麦草垛在腐败
割茴香的人深陷在黄昏里不愿出来
生烟呛人的眼睛，从屋顶上冒出来，滞留在葡萄园
寺庙香烟缭绕，佛祖似在佑护

一个患有眼疾之人
每天都与我擦肩而过我看到他
回头微笑
唇角仿佛挂着末日的预言
当我昏昏欲睡，我骑过的马匹仍在嘚嘚行走
万家灯火中的车轮暗哑沉默
我服下白色药片
我带着醉意将秘密越埋越深，那些衰老的器官
与互相勾结的脉络传递难以破解的密码
在甜蜜的拥抱中
疼痛并非不能忍受

在山间行走，任何一株植物
都有神奇的自我价值
生命与生命之间暗含深意
借助肉身或纤维互相寄存
"神灵附我身，我为神奔走"

你喜欢一个人，张开手臂
一棵树就会送过来满怀抱的风

你想喊一声某个人的名字
一片山花活泼地晃动，也更鲜艳
你病了，或者相思成疾
一边山坡的草垂头丧气地同情你
另一边则生机勃勃地鼓励你
阳光照亮迎向他的生命，一株草也不例外

你敬畏的事物，就是神
他存在于万物之中
由来已久，不需要念诵唤醒
就在那里，任由你走来走去

# 5

睡在墓穴中的亲人们
只有灰烬被埋葬
既不温热也不寒冷
仿佛对生的评价
既不好，也不坏
他们深睡在木头之间不再翻身
他们沉醉于木头的香味
像活着时一样

茂盛的荒草多么宁静
我走过的路途如蛛网密布

这裂纹，开片的轻响昼夜不息
土地的疼痛也从未停止
夜晚的土地仿佛智者的隐忍
这巨大的碗，陈旧的碗
光泽如新的
蓝星闪烁的碗啊


# 6


（他的脑袋发昏
头上冒起烟雾
他动了动嘴唇
血丝从口角流出
他说着如下的话
每一句与另一句毫无关联
既不是孳生
也不是互相反对
作为一个不想睁开眼的流浪汉
他的手应该在
自言自语时清理一下
时间的顺序——）


你跪下
就不要拍拍手站起来
手扶住一棵树

它为你掉落叶子

你黑色的瞳孔
在黑暗后面
遮挡和存储了什么
你的肌肉
没有力量支撑一柄木犁
你咳血时顺便
唤醒了沉重的墙体

你与女人交配
与植物交配
乌米染黑舌头
你带走它们无法原谅的肉体
你不会死在那里
你有趋光性
而光并非为你明亮
所有事物在一场洪水里
漂浮

我的心太过柔软
扎得进刀子
流得出血
却总会忘了疼痛
它颤抖时
像在遭受调侃的孩子

流泪时
像被割伤的幼枝
你看我就是这样脆弱
我想用所有外面的东西
挡在我的前面
让它们围拢我
让它们属于我
我一次次愤怒也没用
一次次攫取和偷窃也没用
它还是柔软的
被一遍遍捏瘪又
一次次
打起精神
一条鱼，杀死，炖了
一条狗，杀死，熏了
一头猪，杀死，切割了
一头羊，杀死，挂在钩子上
一只又一只动物
转眼死在人体的烟灶里
我确定它们必有疼痛
但不知道它们的畏惧
是不是发生于屠杀之前
如果疼痛只有一个瞬间
则无法构成，一条鱼，一只狗
一头猪或一头羊的
全部精神体系

而人类自己，经历了多少次
内心的与肉体的疼痛
我看见一条狗翻着眼睛
警惕地舔着猪血

当我更老之时，仍会有爱
但必将比石头更重，若在内心飞翔
也会在内心
划下疼痛的曲线

我为自己修建了几条街道
向南延伸的叫红旗大街
它直通一片混沌的湖水
我站在它开始的地方，在一座
废弃的火车站前面，红色的
蓝色的砖瓦，几只小狗嗅来嗅去
撒上尿液，而我穿着衣服
风吹着宽松的裤裆
我嘴里叼着烟卷，仿佛
一个悠闲的占领军
东西向的街道取名胜利路
它应该悬挂尽量多的彩旗，但没有
却像一把陈旧的口琴
经常以尘土堵塞我吹口哨的嘴唇
还有几条以阿拉伯数字命名的小巷
我经常在那里徘徊和思考

黑暗，坎坷，壅塞
垃圾和无法排出的雨水
我很少到达这些街道的边缘和极限
它们尽头的风景一再遥远
而我在这里，已经像一座不停移动
不做更改的雕像了，甚至闪烁着
一串串廉价的玻璃灯珠

我曾经穿着父亲的裤子
它宽松得让我分辨出了自己的身体
于是我拎着自己在胡同里走
第一次体验到来自自身的快感
这快感必定让我的五官发生了扭曲
一个女孩逃避我，她感到了恐惧
而我与他人无关
我只与自己发生了关系

我曾经在平原上寻找一匹温柔的马
它的鬃毛炽烈，它的喷鼻
暗含着热爱
我不确定它的颜色
黑色，白色，或者一匹花色马
大而善良的眼睛
它替我凝望过远方
很久，在黑夜里
也在沸腾而寂静的白天

在马厩里
也在行走的大路上

在许多河流流干的地方
一些动物和青草
模仿马的姿势，甚至一朵花
也在那样做
我吹着口琴站在
一座山丘之上
像一个真正的盲人
张开双手
摸到了风

地平线是开始，无法忽略也不能遗忘的
太阳升起之地，星辰坠落之地
一开始我用双手刨挖，从寓言中
索取智慧，建构思想的秩序
之后我渴望飞翔
那是离天空最近的姿势
渴望金属杆和
阳具般的铁塔。我们歌颂
混凝土大厦以及一切
向上生长的力量
而我们却无法一直忍受
这一切的阴影，腐臭
苍白与堕落

平原有时空无一人
是黑夜和白昼交替出现的
漫长的空旷
风，来来回回
似乎就要溢出去
将那些绿，那些金黄
那些枯萎或茂盛
那些躲藏的追逐的动物和昆虫
泼洒出去


# 7

当大雪回到这片土地
砍柴的老人准备将一架
干枯的木藤带回家
他发现了其间一个干瘪的亡者
网友们在猜测这个迷途之人
闯进了黑山老妖的地盘
有人说，他身披
如此厚重的枝条和荆棘
是不是要向曾经被他伤害的人负荆请罪
他也许以此完成了自我救赎
而最后的事实是
他，死在那里
马蹄，车辙，彩色塑料纸

汽车的轰鸣和爆米花
破坏了雪地的现场
只有少数几个人能够
将初始的情况描述清晰

而那个晚上我正在喝粥
电视里出现的两个警察我似乎见过
他们穿着棉服
其中一位手里拎着热气腾腾的帽子
一位手里拎着寒冷的手铐
我相信他只是习惯了把玩
而不是真的要铐走
那个灵魂出窍的人

作为一个消失过的人
我在重新嫁接生活
新闻正在播报一位90岁的诗人
死在病床上
瘦成了一枚邮票
我每天抚摸着墨水瓶，水杯
古人之书，真实的或虚妄的
开放的或衰败的花朵
搬动椅子，追逐有限的阳光
仿佛已经回到故乡
我用金属勺子
敲了三下铁锅

仿佛三声祈祷
将剩余的玉米粥全部
盛在了青瓷碗里

偶抬头，望见镜中的自己
状若猛兽——

# 后 记

　　是前往神的寓所，还是还乡？人的精神皈依问题是个大问题。《我的麦田》选择了后者，这不是利害选择，而是文化和情感选择。

　　还乡之路并不是衣锦华丽之旅，也不是单一线路，而是艰难的，充满疑问的。乡关何处？具体的生养之地在时代中变化万千，危乎高哉的城市楼群与乡土之间，形成了弹性空间，以及族群与情感的撕裂。一些人流连都市，宁可无所依傍。都市的文化魅力和物质优越召唤人群聚集。一些人固守乡村或回归乡野，宁愿过一种返璞归真的简单生活。

　　每个人的内心都有乡愁，仿佛钟摆始终在左右摆动。

　　这部作品由长诗、组诗和诗剧构成，对我来说是个挑战。非常感谢郁葱先生的鼓励与建议。感谢聂未央女士的细心校阅和修改意见。感谢朋友们的关注与支持！

2019年8月于衡水

**图书在版编目（ＣＩＰ）数据**

我的麦田 / 宋峻梁著. —— 武汉 ： 长江文艺出版社，
2019.8
ISBN 978-7-5702-0976-7

Ⅰ. ①我… Ⅱ. ①宋… Ⅲ. ①叙事诗 – 中国 – 当代
Ⅳ. ①I227.3

中国版本图书馆 CIP 数据核字(2019)第 069785 号

责任编辑：谈 骁　　王成晨　　　　责任校对：毛　娟
装帧设计：高彦军　　　　　　　　　责任印制：邱　莉　　王光兴
摄　　影：聂未央

出版：　长江出版传媒　　长江文艺出版社
地址：武汉市雄楚大街 268 号　　邮编：430070
发行：长江文艺出版社
http://www.cjlap.com
印刷：石家庄海德印刷有限公司

开本：700 毫米 × 1020 毫米　　1/16　　印张：16　　插页：4 页
版次：2019 年 8 月第 1 版　　　　2019 年 8 月第 1 次印刷
行数：5850 行

定价：46.00 元